「失礼します」

グスタヴスはティーナの片脚を腕に抱えて、
大きく下肢を開かせた。

「……あ……っ」

空気が触れる感触に、身体が震えてしまう。

拒絶の声を上げそうになるのを堪えるため、
ティーナは固く唇を結んだ。

JN283727

シフォン文庫

さらわれスノーホワイト

—ノーブル・ロイヤル・ウェディング—

仁賀奈

集英社

さらわれスノーホワイト
―ノーブル・ロイヤル・ウェディング―

目次

イラスト／池上紗京

さらわれスノーホワイト
—ノーブル・ロイヤル・ウェディング—

プロローグ　花嫁は想い人を縛める

「……いいかげんにしないか」

恐ろしさに血の気が引くほど、低く唸《うな》るような声が耳に届いた。

激高《げっこう》する彼に跨《またが》った格好《かっこう》で、ティーナはコクリと息を飲む。

——彼女の身体《からだ》の下で、長い脚《あし》をベッドの上に投げ出している男の名は、グスタヴス・ウォルター。このブランシェス王国で、いちばん辛辣《しんらつ》な性格をしていると噂《うわさ》されている公爵《こうしゃく》家の嫡子《ちゃくし》だ。

グスタヴスは純白のシャツの上に漆黒《しっこく》のウェストコートを身に纏《まと》い、月の光を編《あ》み上げたような銀糸の髪を持ち、意思の強そうなキリッとした眉《まゆ》をしている。切れ長の睫毛《まつげ》は長く、凛々《りり》しい眉と濃い琥珀《こはく》色の瞳《ひとみ》に、少し厚めの官能的な唇《くちびる》をした美丈夫《びじょうぶ》だ。

たとえその表情に怒りが滲《にじ》んでいても、麗《うるわ》しさは少しも損《そこ》なわれていない。ティーナの心臓が興奮に高鳴る。今すぐ、彼の唇を奪ってしまいたい。自分の淫《みだ》らな欲望を懸命《けんめい》に抑《おさ》え、小さく息を飲む。

グスタヴスは今にもティーナを射殺《いころ》しそうな眼差《まなざ》しを向けていた。

「今すぐにこれを解《ほど》くんだ。そうすれば、怒らないと約束してやろう」

尊大な態度で窘《たしな》められた。だが、その言葉が嘘《うそ》だということは、誰に教えられなくても解《わか》る。もう、あとには引けない。今しかない。他に方法はないのだ。

ティーナは無言のまま手を伸ばし、彼のウェストコートのボタンを外していく。

「やめろと言っている！」

激高した声で怒鳴りつけられた。だが、やめるつもりはない。

ここで諦《あきら》めたら未来永劫《えいごう》、自分の願いは叶《かな》わない。それに、誰よりも愛《いと》おしい彼の血を引いた子供が、この世に残せなくなる。

「……ご……、ごめんなさい」

好きな人を苦しめるなんて、自分が信じられなかった。それでも、やめるつもりはない。

ティーナは、消え入りそうな声で謝罪した。

「謝らなくていい。だから、このリボンを解け」

グスタヴスが、これほどまで怒りを露《あらわ》にしている理由はただひとつ。

彼は両手をベッドサイドにリボンで縛《しば》りつけられ、拘束《こうそく》されているのだ。そんな真似をしたのは、ティーナだ。恨《うら》まれるのは当然だろう。

「目を瞑《つむ》っていてください。その間に終わらせますから。……わ、私。ぜったいにグスタヴス様の子供を産んでみせます！」

一方的な宣言をすると、グスタヴスの琥珀色の瞳に驚愕《きょうがく》の色が浮かんだ――。

第一章　告げられない初恋

「苦しい……」

伯爵《はくしゃく》家の次女ティーナ・コーラルは、身体《からだ》を締めつけるコルセットに息切れしながら、ファフラと舞踏会《ぶとうかい》の会場から立ち去ろうとしていた。

本当は、ティーナはまだ、社交界デビューをするつもりはなかった。留学した姉の帰国を待っていたかったからだ。だが、姉は五年近く経《た》っても戻らない。そのため、痺《しび》れを切らした父に、強引に舞踏会に連れて来られてしまったのだ。

生まれつき引っ込み思案な性格だ。貴族の夫人たちの艶話《つやばなし》になじめず、紳士《しんし》たちから殺到《さっとう》するダンスの誘いにもどうしていいか解《わか》らない。結局は幼《おさな》なじみと一曲踊っただけだ。そして、人の多さに気分が悪くなり、まともに立っていられなくなったのだ。体型を隠すために、いつもより強く、コルセットを締めたせいかもしれない。

「……やっぱり、私は……、お姉様がいないと……」

泣きそうになるのを、グッと堪《こら》える。

姉が留学を切り出したとき、ティーナは虚勢《きょせい》を張って笑顔で送り出した。しかしすぐに、寂《さび》しさに泣き暮らし始めたのだ。すると父が言った。

『お前が姉さんに甘えてばかりだから、あいつは負担に思って出て行ったんだ。いつまでも泣いているんじゃない』

確かにその通りだと思った。母が亡くなった後、ティーナがいつも姉に頼り切りでいたから、負担に思われていたに違いない。だから、姉は今も、帰ってきてくれないのだろう。

自分は社交界デビューしたのだ。もう大人の女性の仲間入りだ。しっかりしなければ。

ティーナは唇《くちびる》を噛《か》んで、玄関へと続く廊下を歩いていく。だが、いきなり目の前に、見知らぬ青年が立ち塞《ふさ》がった。

「こんなかわいらしい子が、社交界にいたなんて、知らなかったな」

ティーナは動揺から、少しグリーンがかったアイスグレーの瞳《ひとみ》を見張った。前を塞ぐ青年は煌《きら》びやかな衣装を身に纏《まと》っている。きっと貴族の息子なのだろう。

「……っ」

幼い頃から、緊張したり驚いたりすると、声が出せなくなる体質だった。見知らぬ男を前に呆然《ぼうぜん》としていると、いきなり腕を掴《つか》まれてしまう。

「なんだか、気分が悪そうだな。そこの部屋で休むといい。……俺が付き添ってやるから」

いきなり声をかけられたので、驚いてしまったが、どうやら悪い人ではなかったらしい。

ホッとすると、声を出す余裕が出てくる。

「ご心配ありがとうございます。でも迎えが来ていますので、大丈夫です。それではお先に失礼します」

お礼を言って申し出を辞退し、立ち去ろうとした。しかし、青年はティーナの腕を放そうとしない。困惑《こんわく》しながら見上げると、青年は呆《あき》れた様子で言った。

「まさか本当に俺が看病すると思ったのか？　この城には来客のためのベッドが山ほどある。たっぷり遊んでやるから、こっちに来いよ」

そして、強引にティーナの身体は引き摺《ず》られ、近くの部屋に連れ込まれそうになる。

「……っ!!」

驚愕《きょうがく》のあまり、ティーナはふたたび声が出なくなっていた。

「綺麗《きれい》なブルネットだな。……まだ幼い顔つきだが、なかなか愛らしくて魅力的だ。……なんだ、その怯《おび》えた顔は。男を知らないのか？　ははは、それはいい。俺が男の喜びを教えてやるよ」

薄く笑う青年の顔が、ひどく残虐《ざんぎゃく》なものに映った。ゾッと血の気が引く。

「や……っ」

だが、喉《のど》は潰《つぶ》れてしまったかのように引き攣《つ》り、声を発することができない。このままでは、十七年もの間、守ってきた貞操《ていそう》が奪われてしまう。

ティーナは恐怖から、ガタガタと震えだした。

ふいに、父の言いつけが脳裏《のうり》に過《よ》ぎる。

『いいか。上流階級の男たちは淫蕩《いんとう》に耽《ふけ》り、責任を持たず、女を口説《くど》くんだ。だから、舞踏会でダンス以外のことに誘われても、決して応じるんじゃない。いいな。ティーナ』

言いつけは守っていたつもりだ。しかし、こんなにも強引な真似《まね》をされるとは思ってもみなかった。これでは暴漢《ぼうかん》となんら変わりない。

「……ンンッ!!」

ブルブルと頭を振ることで抗《あらが》う。だが、どれだけ踏《ふ》ん張ろうとしても、小柄で華奢《きゃしゃ》なティーナが青年の力に勝てるわけがなかった。

そのまま部屋のなかに引き摺《ず》り込まれそうになったとき――。

「なにをしている。……女が嫌がっているだろう」

地の底を這《は》うような声が響《ひび》いた。ティーナが悲痛に歪《ゆが》ませた顔を上げる。すると、見上げるほど背が高い銀髪の青年が立っていた。男は金の刺繍《ししゅう》が施された漆黒《しっこく》の衣装を身に纏い、濃い蜜《みつ》を思わせる琥珀《こはく》色の瞳、そして神々の彫像のように高い鼻梁《びりょう》と、官能的な唇をしていた。

彼は、怜悧《れいり》な眼差《まなざ》しをこちらに向けている。

「あ……」

トクリと胸が高鳴る。男の精悍《せいかん》で整った容貌《ようぼう》に見惚《みと》れて、ティーナは頭の中が真っ白になってしまう。

「グスタヴスッ」

ティーナに無理強《むりじ》いしようとした貴族の青年が、忌々《いまいま》しげに黒衣《こくい》を纏った男の名を呼ぶ。

「貴様ごときに、呼び捨てにされる筋合いはないのだが？」

嘲《あざけ》るようにグスタヴスと呼ばれた男が呟《つぶや》く。すると貴族の青年が怯《ひる》んだ。どうやら男は、この青年よりもずっと爵位《しゃくい》の高い家の人間らしい。

「ちっ、あなたには関係ない。この女は俺の誘いに応じたのだ。ヤボな真似はよせ」

貴族の青年は勝手なことを口にした。ティーナは違うと言おうとした。だが、声がでない。懸命《けんめい》にブルブルと頭を横に振りながら唇を動かし、グスタヴスに『助けて』と繰り返す。

「……嫌がっているようにしか見えん。手を放せ」

グスタヴスは白い手袋を嵌《は》めた片手を腰にあてると、侮蔑《ぶべつ》の眼差しを青年に向けた。

「男色家ではないかと噂されるほど、女気のないあなたには、解らんだろうが。これは喜んでいる顔だ」

青年の言葉に、グスタヴスはさらに怒りを滾《たぎ》らせた様子だった。無言の圧力に辺りの空気が凍《こお》りつく。助けられているティーナまで、身震いを覚えたぐらいだ。

「失せろ」

そしてグスタヴスは唸《うな》るようにして呟《つぶや》いた。ティーナの腕を摑んでいる貴族の青年の手が、カタカタと震えているのが伝わってくる。

「……だ、だから……、あなたには関係ないと……」

青年は虚勢を張って言い返そうとする。

「グッ！　かはっ、はぁ……」

だが、グスタヴスの革《かわ》張りの靴《くつ》先が、彼の腹部にめり込んだ。衝動で、摑まれていたティーナの腕が放される。そのまま青年は膝《ひざ》から床に崩《くず》れ落ちていった。

「……失せろと言っている。聞こえなかったのか」

グスタヴスはなにごともなかったように、冷ややかに青年を見下ろしていた。

「ちくしょうっ！　お、覚えていろっ！」

すると貴族の青年は、転げそうになりながらも、走り去って行った。

「あ、あ……ありが……」

ティーナはグスタヴスに礼を言おうとした。だが、『ありがとう』と言いたいのに、まだ震えがとまらず、声がでない。

「礼はいらん。私はあなたを助けたのではない。通行の邪魔《じゃま》だっただけだ」

グスタヴスは素っ気ない態度で言い放つ。そして彼は、ティーナに背を向けて歩き出してしまう。

「待っ……」

ここに置いて行かないで欲しかった。まださっきの男が近くにいるかもしれない。だが、言葉を紡《つむ》ぐことができない。すると、グスタヴスは足をとめて、振り返りもせずに告げた。

「私は帰るつもりだ。あなたも玄関に行くならついて来い。悪いが、歩けないからといって、抱いて行くほどの親切心はない」

そうして、ふたたび歩き出してしまう。

行かないで。そう声を上げたかったが、言葉がでない。

「……っ！」

ティーナはガタガタと震える足を懸命に動かして、彼を追って行った。

＊＊　＊＊　＊＊

ティーナを助けてくれた男の正体は、すぐに調べることができた。悪名高いという意味で、社交界の有名人だったからだ。

公爵《こうしやく》令息グスタヴス・ウォルター。ティーナの姉の初恋相手であるこの国の第一王子ジョシュア・サイファスとは従兄弟《いとこ》同士で、幼なじみでもあるらしい。ティーナに乱暴しようとしていた貴族の青年が、怯んでいたのも頷《うなず》ける。貴族の最高位の嫡子《ちやくし》で、世継ぎの王子の親類に、刃向かえる者は、この国に数えるほどだろう。

聞いた話によると、グスタヴスはブランシェス王国でいちばん辛辣《しんらつ》な性格をしていると噂《うわさ》されているらしい。だが、見ず知らずのティーナを助けてくれたのだ。きっと心根はとても優しい人に違いない。彼はティーナの名前すら知らない。それなのに、グスタヴスのことを考えるだけで、ティーナは胸が高鳴ってしまう。

幼い頃から大好きだったポプリや匂い袋《サシェ》作りの手がとまってしまうぐらいだ。

ポプリ作りは亡母《ぼうぼ》に教えてもらった。薔薇《ばら》、ナデシコ、ヘリオトロープ、レモンバーベナ、ローズマリーなどの花やハーブを乾燥させたものに、ラベンダーオイルやローズオイル、レモンオイル、そしてシナモンスティックなど様々なものをブレンドするのだ。

色とりどりの花はいつまでも人の瞳を楽しませ、甘い芳香《パフューム》は心を癒《いや》す。瓶《びん》や透《す》けた網袋に入れるのもいいが、陶磁器《とうじき》や籠《かご》に飾るのも宝石箱のようで素敵だ。

ティーナは、ポプリを製作し始めると熱中するあまり、つい時間を忘れてしまい、父に怒られることもたびたびあったぐらいだ。

「ポプリ作りが手につかなくなるなんて……」

こんなことは初めてだ。グスタヴスの麗《うるわ》しい姿を思い出すだけで、頭の中が彼でいっぱいになってしまう。

「どうしたらいいの」

今ここに姉がいたら、きっと話を聞いてくれたに違いない。そんな甘えた考えが過《よ》ぎる。だが、ティーナは頭を振ることで払拭《ふっしょく》した。

「また、人に頼ろうとしているわ。……私ったら、やっぱりだめね」

悩むばかりでは前に進めない。目的を作り、ひとつひとつ地道に達成していこう。そう心に決める。グスタヴスの傍《そば》にいることを願うだけでは夢は叶《かな》わない。

そのために、どうすればいいのかを考え、そして、最善だと思う段階を踏《ふ》んでいくのだ。

ポプリ作りも同じだ。手間かけて美しい花を咲かせ、じっくり時間をかけて乾燥させ、色を合わせてブレンドして、そして相応《ふさわ》しい香りで仕上げていく。

なにかをおろそかにしても、上質なものにはならない。なにごとも同じだ。

「グスタヴス様に助けていただいたお礼を伝えたい……」

彼に近づくの第一歩を踏みださなければ。

――それから、ティーナはグスタヴスに会いたい一心で、行きたくもない舞踏会に足しげく通い始めた。

こっそりと陰《かげ》で観察していて気づいたことは、グスタヴスもティーナ同様に、舞踏会を苦手としているということ。彼は王族や親戚《しんせき》の誕生日や祝いなどで行われる重要な舞踏会にしか現れない。その上、一通りの挨拶《あいさつ》が済むと早々に帰ってしまう。

「グスタヴス様はきっと、どうしても行かなくてはならないときだけ、顔を出していらっしゃるんだわ」

ティーナは次第に、彼の訪れる集まりがなんとなく解るようになった。

――そんなある日、国王の即位二十年のお祝いが、エーレンフェル城で行われることになった。ブランシェス王国の中心であるエーレンフェル城はとても優美だ。

中庭の薔薇は、園丁たちが丹精《たんせい》込めて育てたもので、まるで天上の国のように色とりどりに咲き乱れている。そして、噴水は群像彫刻の女神たちを囲うようにして建てられていて、涼やかな水飛沫《しぶき》が上がる姿は、まるでマーメイドたちが戯《たわむ》れているかのような光景だ。

天使たちのフラスコ画が描かれた天井《てんじょう》は一日中見上げていても飽《あ》きないほど、素晴らしい。そこから下がるシャンデリアをよく見ると、蔦《つた》と薔薇をモチーフにした美しいクリスタルで作られていて、火が灯《とも》ると、キラキラと美しい光が乱反射するのだ。

まるで夢のように美しい場所だ。だが、煌《きら》びやかな城に感動している場合ではない。

「きっとグスタヴス様は来られるに違いないわ」

ソワソワとしながら、美しく着飾った淑女《しゅくじょ》や紳士たちが集まる大広間を眺《なが》める。

だが、まだ彼の姿はなかった。

「はぁ……。落ち着かないと……」

壁には白いパネルに金彩が施され、鏡が多く飾られていた。そのうちのひとつに、ティーナは自分の姿を映す。

髪は乱れていない。だが、大人びて見えるように選んだライラック色のドレスが、自分に似合っているのか不安でならない。流行に疎《うと》いティーナは、ドレスやアクセサリーが数多く掲載されているファッション・プレートを読んで参考にしたのだ。いつもはデコルテどころか首まできっちりと隠れるようなドレスばかり着ていた。リボンや愛らしい花のコサージュがついたものを好んでいる。だが、今日は違う。胸の谷間が見えそうなほど大きく開いたドレスに、ダイヤモンドのネックレス、揃《そろ》いのイヤリングを嵌《は》めて、大人びた姿となっている。

しかし、つい習慣で、豊かなブルネットをツインテールにしてしまった。そのせいで、身体のラインを露《あらわ》にする妖艶《ようえん》なドレスが浮いているように思えてならない。

今からでも髪型を変えたほうがいいだろうか。しかし、これはグスタヴスに助けられたときと同じ髪型だ。彼が万が一でも思い出してくれるかもしれない。

ティーナは落ち着かない気分で、ギュッと握り締めた手を自分の胸に添える。

「今日こそは……グスタヴス様に……」

彼に助けられてから、ティーナは幾度《いくど》となく彼に話しかけようとしてきた。ただひとこと、『ありがとうございました』と、お礼を告げるために。だがグスタヴスは、いつも第一王子ジョシュアとともに、難しい政治の話をしている。勇気を振り絞ろうとしても、結局は彼の邪魔ができずに、退散する羽目《はめ》になっていた。

ティーナと同じようにグスタヴスやジョシュアに話しかけようとする女性は山のようにいた。

だが、彼の近寄りがたい雰囲気《ふんいき》と、難解な会話に、誰しもが気後れしてしまうらしい。

たとえ、声をかけることができても話が続かず、立ち去って行くのだ。

ティーナには、彼女たちよりもさらに難関が立ち塞がっている。あがり症という欠点だ。幼い頃から、緊張すると声がまったく出なくなってしまう。グスタヴスに無理をして近づけたとしても、言葉を発せずに黙りこむのは目に見えていた。お礼を言うどころか、ますますグスタヴスに迷惑をかけることになる。

八方塞がりになったティーナが暗く表情で俯《うつむ》き、溜息《ためいき》を吐《つ》いていると、ふいに彼女を呼ぶ声が聞こえた。

「ティーナ」

振り返ると、そこには同い歳《どし》の幼なじみアランが立っていた。コーヒーブラウンの髪にキラキラとした黒い瞳をした青年だ。鮮やかなピーコックグリーンのフロックコートに、流行の結び方をしたタイという出で立ちだ。癖毛《くせげ》のためいつも髪は跳ねているのに、今日はきっちりと纏《まと》められている。まるで別人のようで、ティーナは眼を丸くする。

「また、グスタヴスの野郎を探しているのかよ。いい加減、あんな奴《やつ》に入れ込むのはやめろよ。お前なんか、下手《へた》に近づいたら弄《もてあそ》ばれて、捨てられるのがオチだぞ」

だが、口を開くといつもの幼なじみのままだった。緊張は解けたが、グスタヴスの悪口は聞き捨てならない。悲しげに見つめるティーナに気づかず、アランはさらに続けた。

「あいつがいつも黒い服を着ている理由を知っているか？　お前は社交界デビューしたばかりだから知らないんだろ？　夜道で返り血を浴びても、誰にも見つからないようにするためだって聞いたぜ！　本当に危ないんだって！」

グスタヴスの長身には、きっちりとした漆黒の盛服がよく似合う。思い出すだけで、溜息が出そうになるほど麗しい姿だ。それを、勝手な噂で貶《おとし》めないで欲しい。

「あの方の悪口を言わないで。私は助けていただいたお礼が言いたいだけなの……」

そう言いながらも、ティーナは顔を真っ赤にしてしまう。これではグスタヴスに好意を持っていると教えているのも同然だ。

「お前を助けたのだって、下心があるからに決まってるだろ。いい加減に目を覚ませよ」

下心があるのなら、あとで謝礼を要求したりティーナに近づいてきたりするはずだ。しかしグスタヴスは、ティーナのことなど視界にもいれてくれない。助けてくれたあの日も、彼は一度も目を合わせてくれなかった。自分が助けた相手のことなど記憶にも残っていないかのようだ。つれない彼が、下心など持っているわけがない。

「私、人の悪口ばかり言うアランは好きじゃないわ……」

アランは普段は優しい子だ。それなのに、どうしてグスタヴスのことになると突っかかってくるのだろうか。ティーナが顔を逸《そ》らしながら言うと、アランは息を飲む。

「心配してやってるのに、幼なじみの僕を悪者にするのか⁉　もういい。勝手にしろっ！」

そして、アランは捨て台詞《ぜりふ》を吐いて、どこかに行ってしまう。

――少し言い過ぎただろうか？　ティーナは途端に後悔する。こんなにも酷《ひど》いことを人に言ったのは生まれて初めてだ。しかし、グスタヴスを悪く言われるのだけは赦《ゆる》せなくて、つい反論してしまった。他にもっと言い方があったのだろうか。反省したティーナが涙目になって俯いていると、周りに人が集まってくる。

「どうかしましたか？」

「コーラル家のご令嬢。……良かったら俺と一曲踊りませんか」

「いや、ティーナ。私と踊ろう。次に会ったときは誘っていいと、言ってくれただろう」

できるだけ目立たないように隅《すみ》に立っていたつもりだった。しかし、アランと言い争いになったため、気づかれてしまったらしい。

ティーナは人一倍、物静かな性格をしている。そのせいか、昔から周りが気遣《きづか》ってこうして誘いを受けることが度々《たびたび》あった。だが、今はひとりで静かにしていたい。

どうしていいか解らず、オロオロと周りを見ていると、ダンスを申し込んできた紳士たちが、一歩ずつ詰め寄ってくる。

「……あ……っ」

毅然《きぜん》として断らなければ。解っている。だが、声がでない。

ティーナが真っ青になって後退《あとずさ》っていると、とつぜんラズベリッシュブラウンの髪に、金糸銀糸で精緻《せいち》な刺繍《ししゅう》を施された豪奢《ごうしゃ》なロイヤルブルーの盛服を纏った青年が、ティーナの前に立ち塞がった。その色は王族にのみ着衣を許された色だ。

「これは、……で、殿下《でんか》っ」

ティーナを取り囲んでいた紳士たちは、一瞬にして顔を強張《こわば》らせ、足をとめる。

彼女を庇《かば》った青年の正体に気づいたのだろう。

「悪いね。……この子は僕と約束していたんだけど。お邪魔かな」

優雅な声で尋《たず》ねる青年の名は、ブランシェス王国第一王子であるジョシュア・サイファス。甘いマスクとは裏腹に、現国王以上の政治手腕を持つとされる才子《さいし》だ。

「横から攫《さら》うような真似をするけど、いい？」

ジョシュアは笑顔で告げているが、辺りには恐ろしいほどの威圧感が満ちていた。

「い、いえ……。殿下のお邪魔など滅相《めっそう》もありません」

「私はこれで」

彼らはそそくさと立ち去っていく。王子と約束している相手を連れていく勇気のある者はいないらしい。もちろんジョシュアが告げたのは詭弁《きべん》だ。ふたりはなんの約束もしていない。

そうして、辺りに誰もいなくなると、ジョシュアはティーナを振り返り笑顔で挨拶《あいさつ》した。

「ティーナ。また変な男たちに囲まれていたのか。これからは充分、気をつけないと」

眩《まぶ》しいほどの爽《さわ》やかな笑顔だ。社交界中の女性が彼の心を射止めようと必死になっているのも頷《うなず》ける。

「ジョシュア殿下。いつもありがとうございます」

ティーナは深々と頭をさげてお礼を言う。実はこうして助けられたのは初めてではない。ジョシュアはいつもこうして、ティーナを守ってくれている。

「いいんだよ。君を守るのは僕の役目だ」

王子である彼が、一介の伯爵《はくしゃく》令嬢でしかない彼女を特別に目をかけてくれているのは理由があった。ジョシュアは、五年前からずっとティーナの姉アメリアに夢中なのだ。

姉はカールしたホワイトブロンドに、大きなヒヤシンス色の瞳をした絶世の美女だ。透けるように白い肌《はだ》、薔薇色の頬《ほお》、紅《べに》を差さなくても赤い唇。彼女を眼にした男性は、一瞬にして虜《とりこ》になり、骨抜きになってしまう。それなのにその美しさをひけらかすことなく、謙虚《けんきょ》で思い遣《や》りのある優しい性格をしていた。成績は隣国の留学先でも常に首席、料理の腕はシェフ並みで、趣味で作っているコンフィチュールや葡萄酒《ぶどうしゅ》、チェリーの砂糖漬けなどは、お店に並んでいてもおかしくないほどおいしい。まさに欠点のない完璧な女性だ。

実の妹であるはずなのにティーナは、姉と正反対だ。ドジなうえにおっちょこちょいで、甘えたがりな性格をしている。お世辞にも頭脳明晰《ずのうめいせき》とは言えない。そのうえ、壊滅《かいめつ》的な料理の腕をしている。まったく似たところがない。もしかして自分は、拾われて来た子供ではないかと、疑ったことすらある。悲しい気持ちで俯いていると、ジョシュアがどこかソワソワした様子で尋《たず》ねてくる。

「そんなことより……、ティーナ。お姉さんから連絡はあったかな?」

ティーナは自己嫌悪におちいりそうになるのを堪えて、ジョシュアに答えた。

「ええ。近いうちにこちらに帰ってくるというお手紙が届きました。私、嬉しくて、その夜は眠れなくて……」

するとジョシュアは、ぱっと顔を綻《ほころ》ばせる。それを瞳に映した誰しもが、見惚れてしまいそうなほど眩しい笑顔だ。

「やっと帰ってくるんだね。良かった。早くアメリアに会いたいな」

こんなにも一途《いちず》で素敵な人を置いて、五年も留学したままでいるなんて信じられなかった。姉も彼を好きなことは、鈍《にぶ》いティーナですら気づくほどだった。お互い好き合っているのに、どうして離ればなれでいられるのだろうか。

だが、それほどティーナが姉の負担だったのかもしれない。これからは、もっとしっかりしていかなければ。社交界デビューも済ませた。ティーナはもう大人なのだ。

「ところで未来の妹に質問なのだけど。君はいつになったらグスタヴスに声をかけるのかな」

ふいに尋ねられ、ティーナは一瞬にして、火を噴《ふ》きそうなほど顔を真っ赤にした。

「ど、ど、どうして……ジョシュア殿下が……」

ティーナは誰にも自分の気持ちを告げたことはない。アランにはなぜか知られてしまったのだが、どうしてジョシュアにまで気づかれてしまったのだろうか。

「あれだけ熱い眼差しを向けていたら、誰だって気づくんじゃないかな」

「……グ、グスタヴス……様も……？」

激しい眩暈《めまい》に、ティーナは倒れそうになってしまう。だが、ジョシュアは申し訳なさそうに肩をすくめる。

「ごめんね。……あいつは他人には興味がないから。きっと勝手に入れ込んでくる令嬢たちの視線のひとつとしか考えてないと思う」

嬉しいのか悲しいのか解らない複雑な気持ちになりながらティーナは俯く。

「そうですか……」

しょんぼりと肩を落とすと、ジョシュアが言った。

「悲観することはないって、未来の義兄に任せておけばいいよ。僕は君の願いを必ず叶《かな》えてみせるから」

姉がジョシュアと長く離れていても平気だったのは、今も連絡を取っているからだったのだろうか。

「本当ですか？　ありがとうございます。でもお気持ちは嬉しいですが、私ではグスタヴス様と釣り合いませんし……」

グスタヴスの従弟《いとこ》であるジョシュアが味方になってくれるのは、心強い。だが、ティーナは彼に気に入ってもらえるような優れた女性ではない。ティーナがジョシュアの申し出に躊躇《ためら》っていると、彼はじっとティーナを見つめてくる。

「うん。今まで気づかなかったけど、いいんじゃないかな」

「あの?」

いったいなんのことだろうか。ティーナは首を傾《かし》げる。

「グスタヴスの趣味ならきっと、君のことを深く知れば、好きになると思うよ」

「それはいったい、どういう……」

グスタヴスは過去、どんな女性と付き合っていたというのだろうか。

昔の彼女に似ているという意味なら、まったく喜べない。戸惑っていると、ジョシュアは続けて言った。

「ついでに悲しいお知らせだけど。……グスタヴスは今日、僕の父上の頼みで、隣国の稀少《きしよう》なワインを取りに行っているから、ここには来ない」

久し振りにグスタヴスに会えると思っていたティーナは意気消沈《しようちん》してしまう。

「そうですか……。ジョシュア殿下、今日はお話を伺《うかが》えて良かったです。ありがとうございました」

今日は国王の誕生日だ。祝いの言葉を述《の》べて贈り物も届けている。だが、さすがに祝賀のための舞踏会を早退するわけにはいかない。できるだけ人目につかない隅《すみ》に隠れていようと、テイーナは頭を巡らせる。

「待ってくれないか、ティーナ。冷たいことを言わずに、つれない相手を好きになってしまった者同士で助け合う算段をしよう」

ジョシュアは戯《おど》けた表情で提案してきた。

「いったい、どういうお話ですか？」

問い返すと、彼はコソッとティーナに耳打ちする。

「僕もこういった集まりは苦手でね。極力訪れたくはない。だけど、君の姉上が来るのなら話は別だ。他の男たちの手から守るためにも、彼女が来る日は、早めに待っていないとね」

確かに姉は、眉目秀麗《びもくしゅうれい》なうえに性格までいい。舞踏会に出たのなら、きっと男性たちが放ってはおかないだろう。鈍《にぶ》いティーナでも、そのことは想像にたやすい。

姉のアメリアを大切に想《おも》っているジョシュアからすれば、面白《おもしろ》くない事態だろう。

「取引しないか。アメリアが参加する舞踏会を教えてくれるなら、グスタヴスの行動予定を調べて、君にすべて教えてあげるよ。ついでに、あいつに話しかけるきっかけを、お膳立《ぜんだ》てしてあげてもいい」

ティーナはコクリと息を飲む。魅力的な提案だが、姉を勝手に売るような真似《まね》をしていいのだろうか。だが、五年前のことを思い出すと、問題ないような気がしてくる。

姉は生真面目《きまじめ》でしっかり者であまり隙《すき》のない女性だ。だが、ジョシュア王子の話をしているときだけは、蕩《とろ》けそうなほどかわいらしい顔で微笑《ほほえ》んでいたのだ。だから父もティーナも、姉の初恋を陰《かげ》ながら応援していた。

「でも……。お姉様にはもう恋人がいらっしゃるかも……」

アメリアが留学してから、五年の月日が経っている。十五歳の頃ですら、あれだけ男性を夢中にさせていたのだから、今は成熟して、さらに美しい人になっているだろう。

まだ恋人が不在のままとは限らない。

「それは大丈夫だよ。留学してからも、彼女にまとわりつく害虫は、僕がひとり残らず排除しているから」

当然のように返され、ティーナは眼を丸くする。思っていた通り、ジョシュア王子は、姉が留学した後もずっと交流していたらしい。それならば安心だ。

「わかりました。ではよろしくお願いします」

深々と頭をさげると、ジョシュアは爽《さわ》やかな笑みを浮かべながら答える。

「もちろんだよ。君のことも姉上のことも、安心して僕に任せておけばいい」

頼もしいジョシュアの言葉に、ティーナはホッと安堵《あんど》の息を吐いた。

＊＊　＊＊　＊＊

ティーナは邸《やしき》の裏にある誰もいないハーブ園にしゃがみ込み、植物たちに告白する。

「今日こそは、グスタヴス様に話しかけようと思うの」

だが、またも近づくことすらできないという予感がしてならない。

「お母様。どうか私に勇気をください」

ティーナは涙目になりながらも、スウィートフェンネルの種を集める。

ここは母が亡くなった後、ずっと姉のアメリアが守ってきた場所だ。昔からティーナはとても迂闊《うかつ》な性格をしていた。だから、植物を育てようとしても、いつもすぐに枯《か》らしていた。

そのため、姉は放ってはおけないと心配したのか、荷物になるというのに、わざわざ留学先に多くのハーブを持っていったのだ。しかし、そのうちいくらかは運び切れずに残されていた。

ティーナは栽培《さいばい》の教本を読み、残されたハーブを懸命に守ってきた。水をやりすぎて根腐れしてしまったものも確かにある。しかし、五年の間、株分けしたり種をまいたりして、懸命に増やしてきた。その理由はふたつある。ひとつは、母のハーブ園をなくしたくなかったこと。

そして、もうひとつは姉が邸に戻ったときに、がっかりされたくなかったからだ。

ティーナは姉に、もう迷惑をかけるような子供ではない、成長したのだと証明して、早く安心して欲しかった。

「……こんなことではだめ」

好きな相手に、満足にお礼も言えないでいる場合ではない。

大丈夫。今度こそ成功してみせる。そう自分につよく言い聞かせた。次こそは、グスタヴスにお礼を言って、少しでも仲良くなれるように努力するのだ。

――決心を固めたその日。

ティーナのもとにジョシュア王子からの親書が届けられた。三日後に行われる王族主宰《しゆさい》のサロンにグスタヴスが参加するという報《しら》せだ。彼はピアノやヴァイオリンの演奏を聴くことを好んでいて、特にお気に入りの音楽家が腕を披露《ひろう》する予定なのだという。

「グスタヴス様が、音楽を好んでいらしたなんて、意外だわ」

とても素晴らしい趣味だ。ひとつグスタヴスの趣味を知ることができた嬉《うれ》しさに、ティーナは顔を綻《ほころ》ばせる。

今度のサロンに着ていくドレスは、初めてグスタヴスに助けられたときのものにしよう。もしかしたら、微《かす》かにでも記憶に留めてくれるかもしれない。

無理に大人っぽいドレスを着ようとしていたが、背伸びをしても不安が増すだけだ。

いつも通りの自分がいい。ドレス用の部屋に向かい、クローゼットを開く。

そこからローズピンクのドレスを用意する。胸に薔薇のコサージュがつけられ、リボンやフリルがたっぷりとついた愛らしいものだ。

髪型も無理はしない。いつも通りにしよう。だが、やはり勇気が持てなくて、母の部屋に行き、宝石箱からピンクトパーズのネックレスを借りることにした。

ひとりで頑張ると決めたものの、やはり気後れせずにはいられない。亡母《ぼうぼ》に勇気をわけてもらおうと思ったのだ。そうして、覚悟を決めたティーナは三日後、グスタヴスが訪れると教えられたサロンを訪れた。

普通のサロンは、ピアノを中心に茶菓子などの載《の》ったテーブルや、ゆったりと座れる長椅子《いす》などが置かれていて、人数も多くない。だが、さすがに王族主宰ということもあって、著名人やいろいろな階級の貴族たちも集まった盛大なものとなっていた。

テーブルには、フルーツと生花を大胆にアレンジしたオブジェを中心に、牛肉のワイン煮、チキンソテー、サーモンのグリルなど様々な料理が並んでいる。他にも、食べるのがもったいないほどかわいらしいミニケーキの数々、ジャムやクロテッドクリームを添えられたスコーンや、チョコチップやナッツなどを混ぜて焼かれたクッキー、ドライフルーツをふんだんに使ったパウンドケーキなどの焼き菓子、パン粉のプティングにメレンゲを載せて焼いたクイーン・オブ・プディングなど数え切れないほどのお菓子まである。

飲み物は侍女《じじょ》たちに申し付ければ、どんなものでも用意してくれるらしい。

ティーナはカモミールのハーブティーを頼むと、フロアの隅にある肘《ひじ》かけ椅子に腰かけた。

今日こそグスタヴスにお礼を言うのだ。

心臓が早鐘《はやがね》を打つ。運ばれてきたお茶を飲むと、少しだけ落ち着くことができた。

だが、グスタヴスが姿を現すと、全身が心臓になってしまったかのように、血流が早くなり、耳まで真っ赤になってしまう。

「落ち着かないと……」

懸命に自分に言い聞かせていると、室内で幼《おさな》なじみのアランの姿を見かけた。

「……？」

いつものアランなら、すぐにティーナのもとに駆け寄ってくる。だが、今日の彼は周りの様子を窺《うかが》うようにコソコソとしていた。そして、ティーナと眼を合わせると、気まずそうに顔を逸《そ》らしてしまう。先日のことをまだ怒っているのかもしれない。だが、グスタヴスを悪く言われて、自分から謝る気にはなれなかった。

アランもグスタヴスのことを深く知れば、噂《うわさ》のように悪い人ではないと解るに違いない。

「そのためにも、私がグスタヴス様に近づけるようにならないと……」

そうして、集まった者たちで、音楽家たちの演奏を聴き、他愛もない話をしたりしていたのだが、グスタヴスの様子がおかしい。

顔はいつも通り微《かす》かに眉《まゆ》を寄せるような険しいものだし、一緒にいるジョシュアとも普通に会話をしている。だが、なにか違和感を覚えてしまう。

ティーナが困惑《こんわく》していると、ジョシュアが盛服のボタンに触れて合図を送ってくる。

これはグスタヴスに話しかけるにはちょうど良いという意味だ。

コクリと息を飲み、ティーナはグスタヴスに近づいていく。これでやっとお礼を言うことができる。だが、その後はなんと言って話しかければいいのだろうか？

このチャンスを逃したら、二度とグスタヴスに近づけないような気がする。

「い、いい夜ですね……」

ティーナは、ジョシュアたちに近づくと、震える声で話しかけた。するとグスタヴスはスッと身体を引かせて、テラスへと出て行ってしまう。

「……あ……」

やはりグスタヴスはティーナと話したくないのだ。そう痛感して、肩を落とした。

だが、しょんぼりとしているティーナに、ジョシュアが後押しする。

「ほら、追わなくていいの？　今ならグスタヴスはひとりだ」

「あ、ありがとうございます」

これぐらいでめげていてはいけない。自分にそう言い聞かせて、グスタヴスの後を追っていった。大きなガラス張りの窓を抜けると、白いテラスにでる。しかしグスタヴスの姿はない。

外は薔薇《しばふ》の咲き乱れる庭園だった。ティーナは月明かりのなか、グスタヴスを捜し続ける。

緑の芝生を踏んで、いくつもの薔薇の植え込みを前に進んで行く。

「……っ」

そしてついにグスタヴスを見つけた。彼はテラスの外にあるベンチに長い脚《あし》を組んで、気怠《けだる》げに腰かけている。

「あ、あの……。私ずっと……あなたに……」

グスタヴスに近づきながら、ティーナは震える声で話しかけた。すると、グスタヴスは冷たい瞳でこちらを見据えてくる。

「私に、おかしな薬を盛《も》ったのはお前だな」

ティーナは愕然《がくぜん》としてしまう。そんなことをした覚えなどない。狼狽《ろうばい》したまま、声も出せないでいると、真後ろから声が聞こえる。

「そうだよ。……お前みたいな胡散臭《うさんくさ》い男にティーナは渡さないっ」

振り返ると、ティーナの幼なじみのアランが苛立《いらだ》たしげに声を荒立てた。どうやらアランは、ティーナの恩人であるグスタヴスに、なにか薬を盛ったらしい。

グスタヴスはいつも通りを装っていたが、いつも彼を見つめていたティーナは、どこか違和感を覚えていた。その理由がやっと解った。

「なんのことだ?」

ティーナの名前も知らないグスタヴスは怪訝《けげん》そうに眉根を寄せている。

「私の恩人になんてことするの……っ。アラン……、ひどいわっ」

涙目になりながら、ティーナは震える声で訴《うった》えた。

「……こ、これはお前のためで……」

すると、アランは動揺した様子で、こちらを見つめてくる。

「私はお礼が言いたかったのに、これじゃ恩を仇《あだ》で返すようなものだわ……」

ティーナはグスタヴスのもとに駆けていくと、彼の前に膝《ひざ》を折って謝罪する。

「ごめんなさい。……わ、私のせいで、ひどい目に遭《あ》わせてしまって……」

瞳を潤《うる》ませて、しゃくり上げるティーナを、グスタヴスは濃い琥珀《こはく》色の瞳でじっと見上げてくる。

「こんなところでなにをしている。リトルラビット」

そして不思議そうに尋ねてきた。いったいリトルラビットとは誰のことなのだろうか。

もしかしたら彼は、薬のせいで、ティーナが他の誰かに見えているのかもしれない。

「ジョシュア殿下をお呼びしてきますっ」

ティーナはそう言って駆け出そうとする。だが、グスタヴスは白い手袋を嵌《は》めた手で、ティーナを強く抱き締めてくる。

「……っ!?」

とつぜんの出来事に頭の中が真っ白になってしまい、ティーナは硬直してしまう。

グスタヴスの腕が、自分の身体を抱き締めている。そのことに遅れて気づき、全身が熱く火照《ほて》る。

「……あ、あ、……あの……」

人違いだと訴えようとした。しかし、ティーナの声は消え入りそうなほど掠《かす》れてしまっていて、まったくグスタヴスの耳に届かない。

「今日は疲れた。帰るぞ」

深く溜息《ためいき》を吐き、グスタヴスは立ちあがる。そして、ティーナの身体を肩に担《かつ》いだ。

自分の身長よりもずっと高い位置に持ち上げられ、グスタヴスの美しい銀糸のような髪が目の前にある。

「……っ⁉　え……っ」

ティーナはただ息を飲む。微《かす》かに香る男性用のパフュームに、クラクラと眩暈《めまい》がした。

いったいなにが起きているのか解らない。ただ彼に抱き上げられているという事実だけで、頭のなかはいっぱいになってしまっていた。

グスタヴスは呆然《ぼうぜん》とするティーナを担いだまま、庭園を横切っていく。

「待てっ！　僕のティーナを返せ！」

慌ててアランがグスタヴスの前に回り込み、両手を拡げて立ち塞がった。

「返せだと？　これは私のものだ。譲《ゆず》るつもりはない」

いつからティーナはグスタヴスの所有物になったのだろうか。やはり彼は、薬のせいで、誰かと間違ってしまっているらしい。

だが、グスタヴスに抱き締められる嬉しさから、いつしかティーナは抗《あらが》うことも、人違いだと訴えることも忘れていた。

「ティーナを放せよっ！」

声を上げたアランが摑《つか》みかかってくる。すると、鈍い音が響いた。

「……ぐ……うっ！」

グスタヴスは軽くアランの腹を蹴《け》り上げたらしい。アランは腹を抱えたまま、ぐったりと地面に沈んでしまった。

「あ……」

アランは大丈夫なのだろうか。ティーナは恐ろしさに息を飲む。グスタヴスが興味なさげに呟いた。

「どうした。あれが心配なのか？　安心しろ。少し黙らせただけだ。すぐに起き上がる」

ティーナはその言葉に、ホッと息を吐く。アランが心配だ。

――それなのに。

背中に回されたグスタヴスの力強い腕に、不謹慎だと解っていても心臓が高鳴る。

グスタヴスを振り解《ほど》き、倒れているアランのもとに駆けて行くべきだとは頭で解っていても、身体が動かなかった。だが、一体ティーナは、このままどこへ連れていかれるのだろうか。

グスタヴスは誰かとティーナを間違っている様子だ。早く誤解をといて、彼を正常に戻すべきだと解っている。それなのに、ずっとこの腕に抱かれていたいという誘惑に抗えない。

そうして、戸惑っている間にも、グスタヴスはティーナを抱えたまま、庭を抜けて箱馬車が並ぶ待機所に到着してしまう。

本来なら、使用人に帰宅することを告げて、主人を待つ御者《ぎょしゃ》と箱馬車を玄関先まで誘導するものなのだが、グスタヴスはその暇《ひま》さえ惜《お》しんだらしい。

「ティーナ様っ！」

近くにいたコーラル家の御者が驚いた様子で近づいてくる。

悪名高いグスタヴスに抱えられているティーナを前に、真っ青になってしまっている様子だ。

「……ごめんなさい。お父様には、私は先に帰ったと伝えて欲しいの」

ティーナの父は今日のサロンに参加している。だが、こうした集まりに来ると、翌日はいつも昼過ぎまで眠っていた。だから、もしティーナが外泊しても、使用人たちさえ黙っていてくれれば、朝までに帰れば気づかれないかもしれない。

初めて父に嘘を吐く疚《やま》しさに、唇を噛みながらも、ティーナはグスタヴスにしがみつく。

きっとグスタヴスも自分の邸に帰る頃には、薬が抜けているだろう。せめてそれまでは、彼の傍《そば》にいたかった。

第二章　身代わりラビット

グスタヴスの住まいは、ブランシェス王国一と名高いホテルのラグジュアリールームだった。

彼の父は公爵《こうしゃく》の地位にある。邸《やしき》も領地もあるはずだ。それなのに、いったいどうなっているのだろうか？　ティーナは不思議でならない。だが、今のグスタヴスに聞いても返事があるとは思えなかった。

ティーナは安易に、馬車が着く頃には、グスタヴスの薬が抜けているのではないかと考えていた。だが、彼の呼吸は、ますます乱れてしまっている。

出迎えたホテルマンたちは、グスタヴスが抱えているティーナを見つめて、一瞬だけ硬直した様子だった。だが、さすが鍛《きた》えられた老舗《しにせ》のスタッフだ。なにごともなかったように笑顔で対応を続けた。

グスタヴスは最上階の一角を借り切っているらしかった。その部屋の扉を開くと、重厚なマホガニーの家具が並ぶ洗練された内装の部屋がある。奥には寝室や書斎なども完備されていて、簡易キッチンまでついているらしい。

「グスタヴス様。大丈夫ですか。お水を飲まれたほうが……」

心配になって声をかけると、グスタヴスは不思議そうに首を傾《かし》げる。

「リトルラビット。お前はいつから言葉が話せるようになった」

どうやら彼のリトルラビットは、口の利《き》けない少女だったらしい。

「わ、私は……」

リトルラビットではないと言い返そうとした。だが、ティーナはいきなり寝室に運ばれてしまう。燭台《しょくだい》の淡い明かりに灯《とも》された部屋が、ひどく淫靡《いんび》に目に映る。

「……っ⁉」

もしかしてグスタヴスは、ティーナを抱こうとしているのだろうか？　早く誤解をとかなければ、正気に戻ったグスタヴスを傷つけることになる。

「リ、リト……」

だが、告げようとした言葉が緊張に強張《こわば》った喉《のど》から発せられないままに、ベッドにおろされてしまう。そしてグスタヴスは、漆黒《しっこく》の上着を脱ぎ捨てて、気怠《けだる》げに白い手袋やタイを外し始める。部屋は薄暗い。グスタヴスは相手を間違っていることに気づいていないようだ。

血流が早まり、ドクドクと耳の奥で脈打《みゃくう》つ。長い間、グスタヴスと話すことすらできなかったのだ。いっそ、この機会を逃さずに、彼に抱かれてしまいたい。

そんな欲求が脳裏《のうり》に過《よ》ぎる。

「だめ……」

自分勝手な行動で、恩人であるグスタヴスを傷つけるなんて最低だ。ティーナはプルプルと頭を横に振る。そしてサイドテーブルに置かれていたクリスタルの水差しから、グラスに水を注ぐとグスタヴスに差し出した。

「アランになにか薬を飲まされたのでしょう？　どうか、少しでも薄めてください」

さっきまで震えていたティーナだったが、グスタヴスが心配なあまり、スラスラと言葉が喉をついて出る。

一体アランになにを飲まされたのだろうか？　ここが自分の邸ならば、毒消しの効能を持つハーブもあるのだが、今はなにも持ち合わせていない。

「お医者様を呼びましょうか？」

ホテルマンに言えば、誰か医師を呼んでくれるはずだ。心配になりながら見上げていると、グスタヴスは一気に水を飲み干した。そしてサイドテーブルにグラスを置く。

「寝れば治る。医者は嫌いだ。……リトルラビット……、どうしたんだ今日は」

怪訝《けげん》そうにグスタヴスがティーナを覗《のぞ》き込んでくる。

さすがに人違いだと解《わか》ったのだろうか。そう思いながら息を飲む。すると、グスタヴスはウエストコートを脱ぎ捨て、シャツのボタンを外し始める。

露《あらわ》になっていくのは、思いがけず筋肉質な彼の胸元だ。

艶《なま》めかしい光景を正視していられなくて、ティーナは顔を逸《そ》らした。

「幻聴か？　ああ。きっと疲れているのだろうな。……仕方がない。明日は少し休むか」

自問自答したグスタヴスは、ベッドに身体《からだ》を滑り込ませると、隣のティーナに腕を伸ばしてくる。

「わ、わ……。私……リトルラビットでは……」

やっとそこまで言葉を紡《つむ》ぐことができたのに、腕を回され、頭が真っ白になってしまう。

硬直するティーナの額《ひたい》に、チュッと優しく口づけられる。

「……っ⁉」

強面《こわもて》のグスタヴスに、そんなことをされるとは考えてもみなかったティーナは、ただ放心するしかない。

「……おやすみ」

思いがけず優しい声だった。彼のほうを見つめると、静かな寝息をたてて熟睡《じゆくすい》している様子が見えた。もう具合はそれほど悪くないらしい。朝になれば、きっと治っているだろう。

「良かった……」

安堵《あんど》にホッと息を吐いたとき、左手になんだかふわふわとした感触が当たっていることにきづいた。

「……？」

首を傾《かし》げて、じっと目を凝《こ》らすと、そこには驚くことに、ティーナの身長と同じぐらい大きなウサギのぬいぐるみが置いてある。これはグスタヴスのものなのだろうか。それにしては愛らしすぎる気もする。

茶色く大きなぬいぐるみのお腹や腕にはたっぷり綿《わた》が詰《つ》まっているらしく、愛嬌《あいきょう》のある体型をしていた。赤いリボンが首に付けられていて、茶色い瞳《ひとみ》が大きい。顎《あご》の下とお腹と尻尾《しっぽ》が真っ白で、耳は微《かす》かにピンクがかっている。

「これは……」

よく見れば、このぬいぐるみは、ティーナの部屋にあるものと酷似《こくじ》していた。そのぬいぐるみは幼《おさな》い頃、怖くてひとりで眠れないティーナが寂《さび》しくないように、亡母《ぼうぼ》がくれたものだ。今も大事に棚に飾ってある。

もしかしら、グスタヴスもこのぬいぐるみを幼い頃に両親にもらったのかもしれない。そう思うと、とても微笑《ほほえ》ましい気持ちになった。

隣を見るとグスタヴスは、なにもかけずにうつ伏せに寝転がり、熟睡している。

「グスタヴス様が、風邪《かぜ》を引いてしまう……」

リネンを引き上げ、そっと彼にかけると、額《ひたい》に汗が滲《にじ》んでいるのがみえた。

「大変……」

ティーナは勝手に部屋を漁《あさ》ることを申し訳なく思いながらも、バスルームからタオルを探し出す。そして、彼の額を拭《ぬぐ》い始めた。

「大丈夫ですか？」

こんなにもグスタヴスの傍《そば》に近づけるなんて思ってもみなかった。だが、明日になれば、人違いであることに気づき、激怒《げきど》するに違いない。それでも、身勝手なことだと解っていても、もう少しだけこうして傍にいたかった。

「……あのときは、助けていただいてありがとうございます」

グスタヴスが眠っていると、こんなにも簡単にお礼が言える。そのことが情けなくて泣きそうになった。もう少しだけ、練習しておこうとお礼を口にする。

「ありがとうございます」

どんなに怒られても明日こそ、グスタヴスに告げるのだ。

「グスタヴス様。ありがとうございます……。あ、あの……。……大好きです……」

どさくさ紛《まぎ》れてに告白したティーナは、真っ赤になってしまう。明日は、うっかりこんな告白までしないように気をつけなければ。

壊れそうなほど心臓が高鳴る。グスタヴスは眠ったままだ。

ティーナはもういちど囁《ささや》いた。

「……私を……、あなたのお嫁さんにしてください……」

グスタヴスが眠っていると思って、つい調子に乗ってしまった。顔が火を噴《ふ》いてしまいそうなほど熱い。

自分の手で、火照《ほて》る頬《ほお》を押さえていると、いきなりグスタヴスの腕が身体に回され、抱き込まれてしまう。

「グ……、グス……タヴス……さ……ま……っ？」

強張《こわば》る声で名前を呼ぶ。だがグスタヴスは深い寝息を立てて熟睡したままだ。

リトルラビットと呼ばれていた人と間違えられているのだろう。

「好きな方がいらっしゃるのですね……」

やはり彼に想いを告げるのはやめておこう。でも、たとえ怒鳴りつけられても、お礼だけは言って去らなければ……。溜息を吐《つ》くと、彼の腕の温《あたた》かさに次第に眠気が襲《おそ》ってきてしまう。

「……おやすみなさい。グスタヴス様……」

ティーナはそっと囁いて、微睡《まどろ》みに身を任せた。

＊＊　＊＊　＊＊

「……何者だ？」

カーテンを閉めずに眠り込んでしまったせいか、朝陽が眩《まぶ》しい。

まだ重い瞼《まぶた》を擦《こす》りながら、ティーナは意識を無理やり引き摺《ず》り起こそうとした。だが、やっぱり眠たくて、ふたたび寝息を立て始めてしまう。

「お、おい……」

ツンと頬《ほお》を突《つ》かれる。恐る恐るといった触れ方だ。

ティーナはいやいやをするように肩を揺らし、ふたたび枕に片頬を擦り寄せる。

「私が触《さわ》れるとは……。間違いなく人間ではないな。……もしや妖精か……？　確かに美しい容姿をしているが……」

首筋に吐息がかかり、ティーナはブルリと身体《からだ》を震わせた。

「人間の女は皆、香水臭《くさ》いが、……花や果物の匂いがする……」

それはティーナが蜜ろうと花やハーブから精製したアロマオイルで作った練り香《こう》を愛用しているからだ。たしか、昨日は心を落ち着かせる柑橘《かんきつ》系の香りのベルガモットや緊張を鎮《しず》める林檎《りんご》に似た香りのローマンカモミールなどをブレンドしたものを使った覚えがある。

「本物か……」

どこか歓喜《かんき》に満ちた声が聞こえ、ついにティーナは重い瞼を開いた。

「……ん……う……」

結局昨日は、夕食を食べ損《そこ》ねてしまった。お腹が空《す》いた……と、暢気《のんき》なことを考えていると、自分がずっと片思いを続けていた相手が、ベッドの端《はし》に腰かけ、自分を見つめていることに気づいた。

「……っ⁉」

驚きのあまり声がでない。ここはまだ夢の中だったのだろうか。

「おはようございます。……お目覚めですか」

強面《こわもて》のグスタヴスに、いきなりキラキラとした瞳《ひとみ》で見つめられ、敬語で話しかけられた瞬間。ティーナは卒倒《そっとう》しそうになってしまう。

やはりこれは夢だったらしい。

「私も二十五年生きてきましたが、妖精に出会えたのは初めてです。光栄ですよ」

続けられた言葉にさらに絶句する。ティーナは妖精ではない。普通に母の腹から生まれた人間だ。

「ああ。なにもいわなくても解っています。接触《せっしょく》恐怖症の私が触れられるのだから、人間のはずがない」

グスタヴスはティーナの頬を優しく撫《な》でて、自嘲《じちょう》気味に笑う。そんな彼を前に、ティーナはますますなにも言えなかった。彼はいつも手袋を嵌《は》めていたが、どうやら人に触れることができない体質だったらしい。だが、目の前にいきなり現れた少女を妖精だと信じて疑わないせいで、触れることができているのだろう。

「……ん、……ん……ぁ……」

緊張のあまり言葉を発せずにいると、グスタヴスはベッドに置かれている大きなぬいぐるみの頭を撫《な》でる。

「いい子にしていなさい。リトルラビット。この方の食事を用意してきます」

ティーナはもはや狼狽《ろうばい》のあまり、思考が停止してしまいそうだった。グスタヴスが昨夜からずっと呼んでいたリトルラビットという名前は、うさぎのぬいぐるみの名前だったらしい。

もしやアランに飲まされた薬のせいで、ティーナのツインテールがうさぎの耳に見えたのだろうか？　そして今も、なにか後遺症が残っているのだろうか？

心配になったティーナは彼の額《ひたい》に手を伸ばす。だが、昨夜のような熱はない。

グスタヴスは小首を傾《かし》げて、ティーナの手首を掴《つか》むと、チュッと指に口づけてくる。

「……っ⁉」

もはや、あがり症を通り越して、絶句という意味で言葉にならない。

「どうかしましたか？　食べる物ならすぐに用意しますよ」

リトルラビットが、グスタヴスの好きな人の名前ではなかったことは嬉《うれ》しい。だが、目の前のグスタヴスは、普段から考えると別人だとしか思えない。恭《うやうや》しくティーナに傅《かしず》いている姿はまるで執事《しつじ》かなにかのようだ。

やはりまだ夢を見ているのだろうか。ティーナが自分の頬を抓《つね》る。

「つ……っ」

だが、泣きそうなほど頬肉は痛む。やはり夢ではないらしい。

「それはどういう意味の行動ですか？」

グスタヴスは不思議そうにティーナの顔を覗き込む。そして頬に口づけてきた。

「赤くなっていますよ。……かわいらしいですが、もうやめておいたほうがいい」

やめて欲しいのはティーナのほうだった。丁寧《ていねい》なグスタヴスに狼狽しているのに、さらに整った顔を近づけられては、心臓がとまりそうになってしまう。

「……っ！」

ティーナが真っ赤になって俯《うつむ》いたとき、隣の部屋からけたたましい電話のベルが鳴り響《ひび》いてくる。驚きのあまり、ティーナは完全に硬直してしまった。

「こんな早朝から誰だ？」

訝《いぶか》しげに呟くグスタヴスの声はいつも通りだ。そして、彼は隣の部屋に受話器を取りに行く。ティーナも彼を追って、恐る恐る扉の近くまで駆けて行った。すると、グスタヴスの話す声が聞こえてくる。

「ああ、お前かジョシュア。……ティーナ？　そんな女は知らんな。私はいま忙しい、話は後だ。失礼する」

そして、すぐに電話を切ってしまう。どうやらジョシュア王子が、グスタヴスを追って姿を消したティーナを心配して、彼に連絡してくれたらしい。

グスタヴスの声は、低く不機嫌なもの。間違いなく、いつも通りだ。やはりアランの薬のせいで、おかしくなってしまったわけではなさそうだ。

グスタヴスは踵《きびす》を返すと、早足で寝室に戻ってくる。

「あ……っ」

盗み見していた疚《やま》しさから、ティーナはベッドに戻ることもできずに、その場に足を竦《すく》ませてしまう。グスタヴスは気にした風《ふう》もなく、ティーナに笑顔を向けた。

「こんなところでどうしたんですか？　ああ、待ちくたびれてしまったのか。すみません。こちらの部屋にどうぞ」

いきなりティーナの身体が、お姫様のように抱えられた。

「……っ⁉」

驚愕《きょうがく》したまま声も出せないティーナを長椅子《いす》まで運ぶと、グスタヴスは宝物のように優しく腰かけさせてくれた。

「少しの間だけお待ちください。朝食を準備します」

微笑《ほほえ》んだグスタヴスが、そっとティーナの頭を撫《な》でる。手袋は嵌めていない。グスタヴスは自分で接触恐怖症だと言っていた。きっと誰かと触れ合えることが嬉しいに違いない。

これで人間だと気づかれたら、どれだけ嫌われてしまうのだろうか。

醜《みにく》いものを触ったと、後悔されるかもしれない。ティーナは長椅子に座りながら泣きたくなってしまう。早く誤解をとかなければ。

だが、あんなに嬉しそうなグスタヴスに、なにを言えばいいのだろうか。ただ、助けてもらったお礼を言いたかっただけなのに、ティーナは大変な状況に陥《おちい》ってしまっていた。

＊＊　＊＊　＊＊

グスタヴスの用意してくれた朝食は美味《おい》しそうなものばかりだった。胡桃《くるみ》やレーズンの入ったスコーン、オレンジとシナモンで風味をつけたキャロットケーキ、アーモンド入りのショートブレッド、ココアビスケット、バターとベーコンのサンドウィッチ、チーズオムレツ、フルーツ入りのサラダ。たくさんの料理やお菓子を前に、ティーナは目を輝かせてしまう。

ティーナはお菓子が大好きだった。ついつい食べ過ぎてしまって、ご飯が食べられなくなり、幼《おさな》い頃はよく姉に叱《しか》られていた。

朝からこんなにもお菓子を食べていいのだろうか。グスタヴスをじっと見つめると、彼は大きなグラスにたっぷりとミルクを注いで、ティーナに手渡してくれる。

だが、告げられた言葉に泣きそうになってしまう。

「妖精はお菓子やミルクがお好きだと聞いています。どうぞ召《め》しあがってください。……ああ。

もしかして、食べ方が解りませんか？　私がしますので、どうか泣かないでください」

ティーナが瞳《ひとみ》を潤《うる》ませた理由に気づきもせず、グスタヴスはそう告げる。そしていきなり、自分の膝《ひざ》の上にティーナを横抱きにして座らせた。

「……っ⁉」

もはやティーナは動揺や狼狽といった状況を通り越して、混乱《こんらん》を極めていた。頭の中は完全に真っ白になってしまっている状況だ。

「はい。どうぞ。ミルクは特別なものを取り寄せています。おいしいと思いますよ」

グスタヴスは自《みずか》らグラスを傾《かたむ》け、ティーナにミルクを飲ませてくれる。

「……んく……ん……、ん……っ、ごほっ」

だが、動揺しているティーナは噎《む》せ込んでしまい、ミルクを胸に零《こぼ》してしまった。

「構いませんから、そのまま飲んでください」

グスタヴスは、ハンカチで優しくミルクの雫《しずく》を拭《ぬぐ》ってくれる。

甘みのある濃厚なミルクが、渇いた喉に染み渡っていく。とてもおいしいが、そのことすら申し訳なくて仕方がなかった。

「あ、……」

真実を告白しようと、じっと彼を見つめる。しかし、妖精だと信じ切っているグスタヴスの嬉しそうな瞳を見ていると、やはりなにも言えなくなった。

「はい。次はこれをどうぞ」

お菓子の誘惑に抗《あらが》えず、勧められるままに焼き菓子をひとくち齧《かじ》る。手渡されたアーモンドショートブレッドは、バターがたっぷりつかわれているため、サクサクとした食感だった。アーモンドの香ばしい匂いが口腔《こうこう》いっぱいに広がって、甘すぎずいくらでも食べてしまいそうな味だ。

「遠慮しなくていいですよ。お菓子はいくらでもありますから……」

ティーナはお菓子を食べながらも、グスタヴスを傷つけずに、自分が妖精ではないことを、どうやって説明しようかと思案していた。すると、背中でなにか引っ張られるような感触がしてくる。

「……？」

後ろを振り返ると、こともあろうかグスタヴスが、ティーナの着ているドレスの紐《ひも》を解《ほど》いているのが見える。

「ん、……ん……っ!?」

なにをしているのかと尋《たず》ねようとした。だが、驚きのあまり言葉にならない。

「少しだけ身体を見せてください。妖精に会えることなんて、二度とないに違いないから」

ティーナはただの人間だ。グスタヴスの瞳に映して愉《たの》しいものなど、なにもない。だが、彼は朝食を用意したときと同様に器用な手つきで紐を解くと、コルセットにまで手を伸ばしてくる。

そこだけはだめだ。ティーナは死刑宣告を待つ気持ちで、顔を歪《ゆが》める。

「……これは……っ」

グスタヴスがコルセットの紐を緩めると、きつく締め上げて小さく見せていたティーナの胸の膨《ふく》らみがもとの大きさに戻ってしまう。

グスタヴスは驚愕《きょうがく》した眼差《まなざ》しで、ティーナの豊満《ほうまん》な乳房《ちぶさ》を見つめていた。

「や……っ」

腕で隠そうとするが、小さく華奢《きやしゃ》な身体に似つかわしくない胸の大きさは隠せない。父が、大きな胸は頭が悪そうに見えるのだと言っていた。だから、ティーナはいつも苦しいぐらいに、コルセットで胸を締め上げて、その大きさを隠していたのだ。

きっとグスタヴスも呆《あき》れてしまったに違いない。だが、彼は愉《たの》しげに笑っていた。

「そんな魔法を使って、驚かさなくてもいいですよ」

「……っ⁉」

――違う。ティーナは、魔法など使っていない。だが、限界まで締め上げていた胸が、きゅうに解放されて大きくなったのを、グスタヴスは魔法だと信じて疑っていない様子だ。

肌にくっきり布の痕《あと》がついてしまっているのに、解らないものなのだろうか。

「ちゃんと見せてください」

ティーナは頭を横に振って嫌だと訴《うった》える。だが、グスタヴスは愛《いと》おしげに口元を綻《ほころ》ばせると、彼女の腕を掴んで、強引に腕を開いてしまう。すると、ふるりと柔らかな膨《ふく》らみが、彼の目前に晒《さら》される。

「……っ⁉ や……っ、ん、んん……」

身体を捩《よじ》って、グスタヴスの手を振り解こうとするが、力の差は歴然としていた。彼の力はまったく緩まない。

ティーナが、グリーンがかったアイスグレーの瞳を潤《うる》ませると、耳元に唇を寄せられる。

「痛くしませんから。……どうか私に見せてください」

ゾクゾクするほど甘い声音《こわね》で囁《ささや》かれ、ティーナは抗う気力をなくしてしまう。腰が抜けてしまいそうなほど、艶《つや》やかな声だった。いつものグスタヴスは獣《けもの》が牙《きば》を剝《む》いているかのように、低く唸《うな》るような声で話しているというのに。

もしかして、グスタヴスと同じ顔をした別人なのでは……？　ティーナが眠っている間に入れ替わったのでは？　そんな疑惑が過ぎる。だが、先ほどのジョシュア王子からの電話の応答を考えれば、本人でしかあり得ない。

それに、ずっと彼だけを見つめ続けていたティーナが、グスタヴスを間違うはずがない。

彼は紛《まぎ》れもなく本人だ。

「ん……っ」

ティーナは露《あらわ》にされた自分の乳房を見ていられなくて、顔を傾けて彼の肩に自分の額《ひたい》を押し当てる。

「……それは、見てもいいという合図でしょうか？」

グスタヴスは愉しげに尋ねてくる。だが、答えられるわけがない。

「では、少しだけ我慢していてください」

そして、グスタヴスはティーナの胸の膨らみを、大きな掌《てのひら》で柔々《やわやわ》と撫《な》で始める。

指先が乳首を掠《かす》めるたびに、肌が総毛立つのを止められなかった。そのまま肌を撫で擦《こす》られると、息が乱れていく。

「……ふ……、ンン……。……はぁ……っ……、あ……ぁ……っ」

ずっとコルセットできつく締め上げられていたせいで、過敏になった薄赤い胸の先端が、グスタヴスの掌のなかで転がされる。すると、どうしようもなく身震いが走ってしまう。

固く勃《た》ち上がった薄赤い突起《とっき》を、グスタヴスは興味深そうに、じっと見つめてくる。

「……ンッ……」

見ないで欲しかった。ティーナにとって大きく育った果実のように豊満な胸は、身体中でいちばんコンプレックスをもっている場所だ。そんな恥ずかしいものを、片思いの相手に見つめられるのは、恥ずかしくて仕方がない。

もう許して欲しかった。手を放して欲しいと、ティーナは潤んだ瞳で、彼を見上げて訴える。

だが、グスタヴスは感嘆したように溜息を吐くと、ティーナの願いとは正反対のことを言い出した。

「……マシュマロみたいで、気持ちいい。……ここ、舐《な》めてもいいですか」

舐めるなんて、だめだ……と言おうとした。だが、グスタヴスは返答も待たずに、ティーナの固くなった乳首を唇で咥《くわ》え込み、濡れた舌で舐め始めてしまう。

「……ぁ……っ!?」

熱い舌先が、乳首をクリクリと捏《こ》ね回す感触に、ティーナは思わず身体を揺する。

「んぅ……、ん、ん……」

仰《の》け反《ぞ》るティーナの身体に、グスタヴスは腕を回して、腋《わき》の下のほうから手を差し込んできた。そうして、掬《すく》い上げられるようにして、片方の胸が摑まれる。

誰にも見せたことのない場所を、あのグスタヴスに揉《も》まれたり舐められたりしている状況が信じられなかった。

「……あ、あぁ……っ」

それなのに、疼《うず》いた身体のせいで、喜悦《きえつ》に満ちた喘《あえ》ぎを漏《も》らしてしまっていた。

鈍《にぶ》い快感に首を仰け反らせると、鼻先から熱い息が漏れる。

「甘い。あなたの肌は、ミルクの味がします」

それは先ほど、飲んでいたミルクを零してしまったせいだ。ティーナの肌が、そんな味がするわけではない。違うと訴えたくて、ティーナは頭を横に振る。だが、グスタヴスは片方の胸の乳輪まで深く咥え込んでしまう。

「あ、……や……っ、ぁ……んっ！」

ヌルヌルとした舌《した》が、乳首の先端や乳輪を擽《くすぐ》り、生温《なまあたた》かい口腔《こうこう》に扱《しご》き上げられる。その淫《みだ》らな感触に、ティーナはビクビクと身体を引き攣《つ》らせた。

グスタヴスの唇に、自分の胸が咥え込まれているのだと思うだけで、身体中の熱がいっそう迫り上がっていく。

「舌触りがいい。……もっと食べてみたくなる」

唇を放したグスタヴスは、欲望に満ちた眼差《まなざ》しで、ティーナを見下ろした。

「……はぁ……、はぁ……っ！」

彼の賛美が嬉しくて、肌が歓喜《かんき》に戦慄《わなな》く。だめだと解っていても、グスタヴスが望むのなら、身体中すべて差し出したいぐらいだ。息を乱しながらも、ティーナはつい甘えるように彼の胸に頬を擦り寄せる。すると、グスタヴスはティーナのブルネットを撫でて、彼女の耳裏を濡れた舌で舐め上げてきた。

「……さすが妖精だ。……噎《む》せ返る花の匂いが心地いい」

その言葉に、冷水を浴びせかけられたように、心が沈《しず》んでいく。

ティーナが花の匂いがするのは、練り香のせいだけではない。お茶や、バスソルト、マッサ

ージクリームや石鹸《せっけん》などありとあらゆるものに、花やハーブを使ったものを愛用しているからだ。それらはすべてティーナのお手製で、同じ物を使って生活すれば、彼の気に入る香りになる。ティーナだけが特別なわけではなかった。

そのことを伝えられなくて、泣きそうに顔を歪《ゆが》めてしまう。そして、項《うなじ》に顔を埋めたグスタヴスに、柔肌《やわはだ》を吸い上げられ、思わず嬌声《きょうせい》を漏らした。

「……あっ……ンンッ」

ヒクヒクと咽頭《いんとう》を震わせながら、仰け反るティーナを、グスタヴスはじっと見つめてくる。

「人間の女と違い、耳に心地がいい声だ」

こんなにも間近で、グスタヴスの顔を見られる日がくるなんて思ってもみなかった。しかも、ティーナの声を褒《ほ》めてくれている。これは、夢なのだろうか。

こんな甘く苦しい夢なら、永遠に浸《ひた》っていたい。

快感も相俟《あいま》って、ティーナが恍惚《こうこつ》とした表情で見上げていると、次第にグスタヴスの顔が近づいてくる。とつぜんのことに、大きな瞳をいっそう見開いてしまう。

「唇も……。愛らしい」

そうして、グスタヴスの唇がティーナのそれに重ねられた。

「……」

すべての時間がとまってしまったかのような感覚に囚《とら》われる。驚きのあまりティーナが放心していると、グスタヴスは次第に唇をいっそう深く塞いできた。ジンとした痺《しび》れが、走り抜けていく。そして、ティーナの歯列を割って、熱く疼く口腔のなかへと、グスタヴスは長い舌を押し込む。

「……ん、んっ……」

ぬるついた舌が擦れ合う感触が心地いい。これがグスタヴスの舌だと思うと、いっそう身体が熱く昂《たか》ぶってしまう。

クチュクチュと唾液《だえき》を纏《まと》わせるようにして、舌が絡《から》み合うたびに喉《のど》の奥まで疼いていた。もっと強く口づけられたいと、激しく願ってしまうことをとめられない。

「あ、……ん、んぅ……」

いつしか夢中になってお互いの熱い舌を絡み合わせていた。すると、舌の付け根から溢《あふ》れた唾液が、口角《こうかく》まで濡らしてしまう。それでも口づけをやめることができない。

グスタヴスはティーナの小さな口腔のあらゆる所に舌を這わせ、ヌルヌルと擽《くすぐ》り続ける。

「……ん、んぅ……っ」

ビクビクと跳《は》ねる身体が抱き寄せられ、淫らに胸の膨らみが揉みしだかれていく。

そうしてなんども唇を重ね合わせていると、唇を放したグスタヴスが甘い声音で囁いた。

「果実のようです。甘くて弾力がある。……もっと塞ぎたくなってしまう」

はしたないと解っていても、ティーナも同じことを考えてしまっていた。グスタヴスと、もっと口づけていたい。

「……んぁ……っ」

熱い吐息を漏らしながら、じっとグスタヴスを見上げると、ふたたび唇が塞がれた。

口角にまで溢れた唾液をちゅっと吸い上げられ、唇や舌が甘噛《あまが》みされる。

「ふ……、ん、んんっ……」

くすぐったさから、ティーナが首を竦《すく》めると、グスタヴスは溜息とともに呟く。

「……あなたが、人間だったなら良かったのに」

ティーナは紛《まぎ》れもなく人間だ。それなのに、グスタヴスは妖精だと思い込んでしまっている。

「……っん……」

妖精ではないと告げたかった。喉まで言葉が出そうになる。でもグスタヴスは、思いこみでティーナに触れることができているだけだ。真実を知れば、他の人間同様にティーナに触れられなくなるに違いない。

彼の温かい指が、ティーナの肢体《したい》に這《は》う。その心地良さと喜び、そして彼を傷つけるかもしれない不安という相反する感情に、真実が告げられない。

「ああ。……こんなに美しい身体なら、この私でも愛せる」

感嘆した声が耳に届くと、彼に嘘を吐《つ》いている疚《やま》しさに泣きたくなった。

ティーナは美しくなどない。身も心も穢《けが》れてしまっている。グスタヴスを想《おも》うばかりに、自分のことしか考えられなくなってしまっているのだから。

ごめんなさい。心の中で、何度も繰り返す。だが、それでも本当のことを言えなかった。

どうしていいか解らず戸惑うティーナの乳首を、グスタヴスが抓《つま》みあげて、クリクリと指の腹で擦りつけ始める。

「……あっ……んんっ」

くすぐったさと疼きに、唇を震わせながら甘い喘ぎを漏らす。すると、愛おしげに額に口づけられた。

「もっと、触れてもいいですか」

グスタヴスに敏感な部分を弄《いじ》られる感触が心地よくて、ティーナは夢見心地で頷《うなず》いてしまう。

「……ンンッ……」

だが、グスタヴスは乳首を弄る手を放すと、ドレスのスカートとパニエを捲《まく》りあげて、いきなりティーナの履《は》いているドロワーズを引き摺《ず》り下ろしてしまう。

「……っ！」

グスタヴスはティーナを抱こうとしているのだろうか？　だが、もしも身体を繋げてしまった後で真実を知ったら、きっとグスタヴスは彼女の嘘を許してくれないだろう。

「……だ……っ」

だめだと声に出そうとした。だが、緊張のあまり言葉がでない。

「んぅっ、んんっ」

身体を揺らして逃げようとすると、切ない声音《こわね》で囁かれる。

「安心してください。……人ではないあなたを無理に抱いたりしません。……想い出に、触れさせて欲しいだけです」

グスタヴスにそんな風《ふう》に願われては、ティーナに抗《あらが》うことなどできない。瞳を潤ませながらも、ティーナはグスタヴスのなすがままになってしまう。

「許してくれるのですか？　すみません。……もう二度と、誰にもこんなことは……できないから」

ぎゅっと抱き締めたくなるような頼りない声だった。グスタヴスは知らないのだ。

彼は接触恐怖症ではない。人に触れられないと深く思い込んでいるだけだ。これだけティーナの身体に触れて、口づけまですることができたのだから、間違いないのに……。

「失礼します」

グスタヴスはティーナの片脚を腕に抱えて、大きく下肢《かし》を開かせた。

「……あ……っ」

空気が触れる感触に、身体が震えてしまう。拒絶の声を上げそうになるのを堪《こら》えるため、ティーナは固く唇を結んだ。

「ここは、人と変わらないのでしょうか」

恥毛《ちもう》の感触を楽しむようにして、グスタヴスはティーナの媚肉《びにく》を撫でる。

「あふ……っ」

ブルリと体を震わせると、そのまま秘裂《ひれつ》の奥にまで指が辿《たど》られた。

「ヌルヌルしていますね。ここ……」

グスタヴスとの淫《みだ》らな口づけで感じてしまったせいで、ティーナの下肢は甘蜜《あまみつ》に濡れそぼってしまっていた。

恥ずかしさから、太腿《ふともも》を閉じ合わせようとするが、グスタヴスはそれを許してくれない。

「……逃げないで……。もう、いじわるなことは言いませんから」

心臓が締めつけられるような切なげな声で、耳元に囁かれる。グスタヴスはティーナの耳殻《じかく》を甘噛みしながら、秘裂の奥を擽《くすぐ》る。そんな声で囁かないで欲しかった。心臓が壊れそうなほど高鳴ってしまって、なにもかもグスタヴスの言いなりになってしまう。

そうして、グスタヴスの指が濡れそぼった肉びらを擦りつけ始める。

「ん、んんっ！」

花芯《かしん》ごと責め立てられ、迫り上がる疼きに、ティーナはビクビクと内腿を震わせた。

「……はぁ……、あ、……あ、あん……」

赤い唇を開いて喘ぐティーナを、濃い琥珀《こはく》色の瞳が見つめていた。固く充血した肉芽《にくめ》の包皮が剝《む》かれ、優しく擽られると、堪らず身悶《みもだ》えた。

「んぅ……、あ、あぁ……っ」

淫らな嬌声《きょうせい》を漏らしながら、ティーナは潤んだ瞳で、グスタヴスを見上げる。すると、彼はふいに瞳を逸《そ》らした。

「女は嫌いです……」

ボソリと呟かれた言葉に、息がとまりそうになった。

「……!?」

グスタヴスは令嬢たちと目も合わさず、ジョシュア王子とばかり話しているため、男色家ではないかという心ない噂が流れていた。まさか、本当のことだったのだろうか。

狼狽するティーナに、グスタヴスは続けた。

「ああ、もちろん。男も。……人間には近づきたくありません。醜《みにく》くて汚い」

グスタヴスは苦悩の表情で呟く。過去になにか心に深い傷を負うようなことがあったのかもしれない。ティーナはただ黙って彼を見つめていた。

するとグスタヴスは、切ない表情をティーナに向けて呟いた。

「でもあなたなら、抱ける……。欲しくて堪《たま》らない。このまま私の傍《そば》にいてください……願ってはいけませんか」

真摯《しんし》な声で告白され、頬を擦り寄せられる。それを願っているのは、ティーナのほうだ。誰よりもグスタヴスの傍にいたい。だが、ティーナは彼の望む生き物ではない。

「……っ」

いっそ彼に飼われるウサギにでもなりたかった。きっと誰よりも、優しくしてくれただろう。

悲しい気持ちでティーナが首を横に振ると、グスタヴスは苦しげに眉を寄せた。

そして、ティーナの脚を抱え直すと、強引に蜜口《みつくち》に指を押し入れてくる。

「やぁ……っ」

グスタヴスは抱くつもりはないと約束してくれたはずだ。嘘を吐《つ》くような人間には見えない。

それなのに、いったいどうしてしまったのだろうか。

固い指が、濡れた粘膜《ねんまく》を押し開き、奥へと押し込まれていく。

「……ンン、んんぅ」

ビクンと大きく身体を引き攣《つ》らせるが、グスタヴスの指はとまらない。そのままヌチュヌチュと溢《あふ》れる蜜を泡立てるようにして、指を掻《か》き回し始めてしまう。

「は……っ、あ、あぁ……」

覚えのない感触に、不安になったティーナは彼の肩口に腕を伸ばした。さらさらとした感触が指に触れる。それは、銀糸のような彼の髪の感触だった。

もっと強くグスタヴスの顔を引き寄せて、唇を奪いたい。だが、そんなことをはしてはいけない。衝動を堪《こら》え、ティーナは込み上げる劣情に喘《あえ》ぎながら、彼の頤《おとがい》に額を擦りつける。

滑《なめ》らかな感触が心地よい。ずっとこうしていたかった。

ティーナは涙目で、グスタヴスに懇願《こんがん》する。今すぐ放してもらわなければ。このままでは、してはいけないことを望んでしまう。そうなれば、二度と彼と口を利《き》いてもらえないほど嫌われるだろう。だが、グスタヴスは指で肉襞《にくひだ》の感触を楽しむように擦りつけながら、切なく喘ぐティーナの唇を奪ってくる。

感じやすい場所を、熱い舌や巧《たく》みな指でなんども嬲《なぶ》られ、身体の芯《しん》に火を灯《とも》されてしまったかのように、ビクビクと震えてしまう。

「……く……っ、ふぁ……あ、ぁ……っ」

そうして、ティーナが淫らに肩を揺すり始めると、グスタヴスは挿入《そうにゅう》する指を増やしていく。

「この中は、熱くて気持ちがいい。なかに……挿《い》れたくなる」

熱く囁かれ、なにかお尻《しり》に固い感触が押しつけられる。その正体がわからず、微《かす》かに首を傾げる。しかし、遅れてそれがグスタヴスの欲望だと気づく。

トラウザーズ越しに感じる熱に、ティーナはいっそう胸をうち震わせてしまう。

グスタヴスが、ティーナに欲情してくれているのだと、知ったからだ。

「……あ、……ぁ……っ」

吐息のように消えそうな声で喘ぐ。すると、グスタヴスが掠《かす》れた声で尋ねてくる。

「あなたを、抱きたい……。いけませんか……」

グスタヴスの願いなら、どんなことでも叶えたい。だが答えることはできない。

「あ、あぁ……、ンンゥ……」

ただ彼の淫らな指の感触に、甘い嬌声を漏らすだけだ。

グスタヴスはさらに、切ない声で続けた。

「私の子供を産んでください」

ティーナは、すべてなくしてもいいから、グスタヴスとの子供が欲しかった。

いっそ今すぐにでも、彼にすべてを投げ出してしまいたい。

「あなたにしか触れられないのです……。抱くことが許されなくても……、せめて傍にいてください……」

誰よりも傍にいたいに決まっている。だが、グスタヴスは誤解しているだけで、本当のティーナを望んでいるわけではない。

「ん、んぅ……、あ、あぁっ」

眦《まなじり》に涙を溜めて、じっとグスタヴスを見つめる。するといやらしく胸が揉みしだかれ、同時に膣肉《ちつにく》を弄《いじ》る指が激しくなる。

「……ん……っ、んぅ……っ！」

ブルブルと身体が痙攣《けいれん》して、どっと汗ばむほど身体が熱くなってしまっていた。

もう、放して欲しい。そうでないと、淫らな本性を晒《さら》してしまいそうになる。

ズチュヌチュと指が抽送《ちゆうそう》され、掻き回されていく。そのたびに、ティーナの激しく疼いている肉粒《にくつぶ》がクリクリと刺激され、堪えられないほどの愉悦《ゆえつ》が迫り上がってきた。

「……はぁ……、ん、……んぅ……っ」

キュウキュウと内壁の襞《ひだ》が引き攣《つ》り、堪えきれずに淫らな喘ぎが喉をついて出る。

「んんぅ……っ、あぁぁっ！」

ガクガクと腰を打ち震わせた後、ぐったりと身体を弛緩《しかん》させた。すると、グスタヴスは優しくティーナの身体を抱き寄せ、背中を撫でてくれる。

「すみません。あなたが愛らしすぎて、……つい、やりすぎてしまいました……」

『愛らしい』きっと二度とグスタヴスの口から利《き》けない言葉だ。真実を知れば、グスタヴスはティーナを軽蔑《けいべつ》するに違いないのだから。

「身体を綺麗にしましょう。準備してきます」

彼女の身体をそっと長椅子に横たわらせると、グスタヴスは浴室に向かって行く。結局彼はティーナを抱いてはいない。自らの欲望は抑え込んだままだ。

羞恥《しゆうち》と申し訳なさに、ティーナは唇を噛んで俯《うつむ》いた。

「どうすればいいの?……」

このままではグスタヴスはティーナをお風呂にいれて、いつまでも甲斐甲斐《かいがい》しく世話をするに違いない。そして、緊張して声の出ないティーナは、真実を話せないまま、ここに居座ることになるだろう。

時計を見ると、夜更《よふ》けに帰宅したはずの父が、そろそろ起き出してもおかしくない時刻になっていた。

外泊したことが知られれば、しばらく邸から外に出してもらえなくなるのは目に見えている。

「出直そう……。きっと落ち着けばいい案が浮かぶはず」

ティーナはグスタヴスに乱されたドロワーズを引き摺《ず》り上げると、辺りを見渡した。泊めてもらったうえに、食事まで用意してくれたグスタヴスに、なにも言わずに去ることはできない。きっと心配するに決まっているからだ。辺りを見渡すと、グスタヴスの執務机の上にメモ帳をみつけた。そこに、『お世話になりました。またお礼に伺います』と書き残すと、ティーナは慌《あわ》てて部屋を出る。

それから、ティーナは十七年の人生のなかで、過去なかったほど迅速《じんそく》に動いた。

グスタヴスの部屋を出てすぐ、人目を避《さ》けて階下の化粧室に駆け込み、乱されたコルセットやドレスの着崩れを直した。

そして念のために後を追われないように、スタッフ用の薄暗く狭《せま》い階段を駆け下りて、裏口からホテルの外に出る。

辺りにグスタヴスの姿はない。ホッと息を吐いたのも束の間、思いがけない人物に声をかけられてしまう。

「朝から、どうしてティーナがこんなところにいるんだよ！　あいつになにかされたのかっ、言ってみろよ」

激高《げっこう》した声に振り返ると、そこには幼なじみのアランが怒りに満ちた表情で立っていた。

「……アランこそ、どうしてここにいるの？」

不思議に思いながら、ティーナは首を傾げる。

「お前がさらわれたのに、放っておくわけないだろうっ。もうやられたのか？　くそっ！　あいつ絶対に殺してやるっ」

そういえば昨夜、アランはグスタヴスに薬を盛って、朦朧《もうろう》とした彼に蹴《け》りつけられ、意識を失ったのだ。それでも、連れ去られた格好《かっこう》のティーナを心配して、グスタヴスの住んでいる場所まで、捜しに来てくれたらしい。

「無理やり酷《ひど》いことなんて……されていないの。だからあの方を貶《おとし》めるような真似は二度としないで。私たちのことは、あなたに関係ないわ」

無理やりではない。だが、淫らなことをされたのは確かだ。平静を装おうとしても、アランはなにかあったのだと気づいてしまったらしい。

「関係なくなんてない！　ティーナは僕のものだっ」

とつぜんの宣言にティーナは目を瞠《みは》る。

「……あ、あの……」

それはどういう意味なのだろうか。尋《たず》ねようとしたとき、アランは顔を真っ赤にしてしまう。

「ちが……っ、いや。違わないけど……っ、だから、それは……っ。もういいっ、ティーナのバカッ！　バーカッ！　あとで泣いても知らないからなっ」

そしてアランは捨て台詞《ぜりふ》を吐くと、表通りに向かって、全速力で駆けて行った。

第三章　予期せぬ婚約

グスタヴスが住まいにしているホテルから、邸《やしき》は遠くなかった。ティーナは辻《つじ》馬車に乗って急いで邸に帰ると、出迎えた使用人たちを前に気まずくなりながらも、部屋に駆け戻った。

メイドに聞くと、御者《ぎょしゃ》は父に気づかれないように、うまく取り計らってくれていた。他の使用人たちも口裏を合わせてくれているらしい。

安堵《あんど》からホッとして部屋に帰ると、ティーナはすぐにベッドに突っ伏した。まだ朝方だが、大変な一日を思い返してぐったりとしてしまう。まるでたった一日で、数年ぐらい過ぎた気がする。

少し落ち着こうと、深く息を吸い込む。するとダマスクローズの甘い芳香《ほうこう》が、鼻腔《びこう》を擽《くすぐ》る。

ティーナの部屋のなかは、ポプリやドライフラワー、匂い袋《サシェ》や花のポマンダーなどが溢《あふ》れんばかりに置かれている。考えごとをするたびに、製作に熱中するため、室内はお店屋さんのようになってしまっていた。

反してグスタヴスの部屋は、余計なものが一切なかった。彼はああいった落ち着いた雰囲気《ふんいき》が好きなのだろう。少しはティーナも見習って、部屋を片付けねばならない。

「はぁ……」

クッションを抱き締めて、コロリとベッドの上を転がる。

ギュッと瞼《まぶた》を閉じると、グスタヴスの吐息や指の感触、そして口づけを思い出してしまい、身体《からだ》が震えてしまう。

「……グスタヴス様……」

ポプリのつまったクッションを抱き締めて、ふたたび溜息《ためいき》を吐《つ》いたとき。

いきなり部屋の扉がノックされた。

「は、はい……っ」

もしかして、ティーナが外泊したことを、父が気づいてしまったのだろうか？

コクリと息を飲んで返事をした。すると、それは姉が今日の正午に港に着くという嬉《うれ》しい報《しら》せだった。

「やっとお姉様が帰っていらしたんだわ」

姉のアメリアに、グスタヴスのことを相談したかった。だが、帰国早々に迷惑をかけてしまったら、まだどこかに行ってしまうのではないだろうか。

ティーナは、どうしていいか解《わか》らないままに、深い溜息を吐いた。

＊＊　＊＊　＊＊

――その日の正午。

ティーナは隣国との間を周航《しゅうこう》している定期船が着岸する桟橋《さんばし》で、大好きな姉のアメリアを出迎える。姉は記憶にあるよりもさらに、美しい女性になっていた。辺りにいる男性たちは皆、惚《ほう》けたように姉を見つめていた。だが、当の本人はまったくそのことに気づいていない。五年経《た》っても、姉は変わらないのだと思うと、いっそう嬉しくなる。

「お姉様っ」

タラップをおりてくる姉の元気な姿を見ているだけで、涙が滲《にじ》んでしまう。自分の成長した姿を見て欲しくて、笑顔で迎えようとしたのに、これでは台無しだ。

「もう……。ティーナは相変わらず泣き虫ね」

苦笑いしながらも、姉のアメリアは優しくティーナを抱き締めてくれた。温《あたた》かい感触に、いっそう泣きたくなってしまう。こんなに嬉しいことはないはずなのに、どうして涙が出るのだろうか。

「どうして五年も帰って来てくれなかったの？　お願い。いい子にしてるから、もうどこにも行かないで……」

しゃくり上げながら、姉に縋《すが》りつく。すると甘くていい香りがした。姉のアメリアからは、昔からいつもホッと安らぐような幸せな香りがする。

涙ぐむティーナの眦《まなじり》を、アメリアはハンカチで拭《ぬぐ》う。そして、滑《なめ》らかな指でティーナの両頰《ほお》を挟《はさ》んだ。

「私は、もうどこにも行かないから、泣かないの。ほら、瞳《ひとみ》が白ウサギさんみたいに真っ赤になっているわ」

ウサギという言葉に、ティーナは一瞬にして、頰を朱《しゅ》に染める。

「ウ、ウ、ウサ……っ」

脳裏《のうり》に浮かんだのはもちろん、グスタヴスのことだ。『リトルラビット』そう言って、抱き締められた感触が消えない。

「どうかしたの？」

姉は不思議そうに首を傾《かし》げる。ティーナはブルブルと頭を横に振ると、元気よく姉の鞄《かばん》を持ち上げた。

「お姉様っ、お土産《みやげ》はなぁに？」

頰の熱を誤魔化《ごまか》すために尋ねると、仕方がなさそうに姉が笑う。

「あなたの分はもちろん、お菓子よ。アルヴァラ王国のクリームトリュフ、大好きでしょう？

たくさん買ってあるわ」

姉の留学していたアルヴァラ王国には、叔母《おば》が住んでいて、昔からお土産といえば、クリーム入りのトリュフだった。いつもティーナはたくさん食べてしまい、食事が入らず、怒られていた。昔から迷惑ばかりかけていたのに、姉はティーナの好物を覚えてくれていたのだ。

「ありがとう。嬉しい……」

顔を綻《ほころ》ばせると、姉はティーナの頬に口づける。

「寂《さび》しい思いをさせてごめんなさい。さあ、立ち話はこれぐらいにして、邸に帰りましょうか」

――だが、嬉しい時間は永《なが》くは続かなかった。

＊＊　＊＊　＊＊

夕食の席で、父は信じられない話を持ち出した。

「ちょうどアメリアも帰ってきたところで、いい話があるんだ。……ティーナに結婚の申し込みがあった」

父は嬉しそうに顔を綻ばせている。だが、ティーナは呆然《ぼうぜん》とするあまり、声がでない。

「ティーナが結婚ですって？」

シンと静まり返った食堂《ダイニング・ルーム》には、姉の引き攣《つ》った声が響《ひび》く。

父は嬉々《きき》とした表情で続けた。

「相手は、ディセット家のご子息だ。お前もよく知っているはずだ。彼ならきっと、ティーナを幸せにしてくれるだろう」

そんなわけがない。叫びそうになった。だが、ティーナは驚愕《きょうがく》のあまり言葉を発せられなかった。ディセット家のひとり息子であるロブは、昔から姉のことを好きだったはずだ。それなのにどうして、ティーナに結婚を申し込むのだろうか。

ロブの穏やかな笑顔が脳裏《のうり》を過《よ》ぎる。彼はダークブラウンの髪に、濃褐色《のうかっしょく》の瞳《ひとみ》をしていて、人好きのする笑顔の持ち主だ。少々早とちりなところがあるが、実直な性格をしている。

歳《とし》はティーナよりも五歳上の二十二歳。ディセット家は父と同じ伯爵《はくしゃく》の地位を持ちつつも、領地にある港で貿易商を営んでいた。ロブは仕事を手伝っていて、嫡男《ちゃくなん》である彼が家督《かとく》を継ぐことになる。まさに非の打ち所がない将来安泰《あんたい》の結婚相手だ。

実はロブは、幼《おさな》い頃のティーナにとって憧《あこが》れの男性だった。会うたびにいつも優しく接してくれて、大好きなお菓子をいっぱいくれるのだから、誰だって嫌いになるはずがない。

だが、ある日気づいたのだ。ティーナにお菓子をくれるその瞳が、姉のアメリアしか見ていないことに。

『こ、これ。お前にやる！　たくさんあるから、姉さんにも分けてやってもいいんだぞ』

そう言って、お菓子を手渡してくれていたのだが、いつも姉はそんなロブを叱《しか》っていた。

『ティーナは食が細いの。食事をしなくなるからやめてほしいと、いつも言っているでしょう?』

姉のアメリアが怒る姿を、ロブはいつも眩《まぶ》しそうに見つめていた。

少しでもアメリアの気を惹《ひ》きたかったのだろう。だが、当の本人は彼の意図にまったく気づいていなかった。

あまりにもかわいそうなので、ティーナは淡い恋心が破れたばかりで傷心していたにもかかわらず、ロブから喜んでお菓子を受け取っていたのだ。その彼が、アメリアではなくティーナに結婚を申し込むなんて、どういうつもりなのだろうか。

困惑《こんわく》したティーナは、自分のブルネットを指に巻きつけて、少しでも落ち着こうとした。

もしかして、ロブは本心からティーナに結婚を申し込んでいるのだろうか? だとすれば、こんなにも乗り気な父になんと言って、断ればいいのだろうか。

つい姉に縋《すが》りそうになる。だが、迷惑をかけないと決めたことを思い出してグッと堪《こら》える。

だが、瞳が潤《うる》むのをとめらない。

「ティーナは構わないの?」

心配そうに姉が尋《たず》ねてくれた。また迷惑をかけてしまっている。その焦《あせ》りからティーナは声が出なくなってしまう。

「あの……、私……」

無理やり声を出そうとするが、震えてしまう。

こんなことではいけない。姉に成長したところをみせなければ。

「ごめんなさい。少し考えさせて欲しいの……」

再婚もせず、男手ひとつで立派にふたりの娘を育ててくれた父に逆らったことはいちどもなかった。これが初めての、反抗だ。ティーナは申し訳なさに、息がとまりそうだった。

「そうか……。ではディゼット家にもそう伝えておこう」

がっくりと項垂《うなだ》れながらも父は、ティーナの意志を受け入れてくれた。

「だが、返事は早いほうがいい。よく考えなさい」

ティーナの脳裏に、グスタヴスの顔が過ぎる。好きになってもらうどころか、真実を知れば嫌われるに決まっている相手を想《おも》っている。そんな我《わ》が儘《まま》で、父を困らせていいのだろうか。

＊＊　＊＊　＊＊

自室に戻ったティーナは、泣きそうになりながら、ベッドに座り込んでいた。

そこに部屋の扉をノックする音が響《ひび》く。

「ティーナ。遅くにごめんなさい。少しだけ話してもいい？」

夜更《よふ》けに現れたのは、姉のアメリアだった。

「……お姉様？　どうぞ、入って」

姉は懐かしそうにティーナの部屋を見渡し、椅子《いす》に腰かける。そして、近くにあった作りかけの花のポマンダーを手に取った。花のポマンダーは、オレンジに花やハーブやスパイスなどを塗《まぶ》して吊るした装飾品で、とても爽《さわ》やかでいい匂いがする。

「気に入ってくれたのなら、出来上がったらお姉様のお部屋に持って行くわ」

ティーナは笑顔でそう告げるが、姉は黙りこんだまま、なにか考えている様子だ。

「お姉様？」

どうかしたのだろうか。不安になって呼びかける。

「ごめんなさい。あなたも成長したんだと思って」

姉はそう言って微笑《ほほえ》んでくれた。

「本当にそう思ってくださる？　お姉様にそう言っていただけるなんて嬉しいわ」

もう迷惑なんてかけない。だがら、姉にはずっと傍《そば》にいて欲しかった。二度と留学なんてして欲しくない。そんなことを考えていると、急に神妙《しんみよう》な表情で尋ねられた。

「……大人になったのだから、私がお父様のいない場所で、あなたと話をしにきた意味は解《わか》るわよね」

もしかして、使用人たちから今朝ティーナが外泊したことを耳にしてしまったのだろうか。

羞恥《しゆうち》から顔を赤くしてしまう。姉の帰国早々、ティーナが淫《みだ》らな生活をしているのではないかと、心配させてしまったのだろうか。

「好きな人ができたの？」

「……ど、どうして解ったの？」

思った通りだ。姉は、やはり使用人たちから外泊のことを聞いてしまったのだ。恥ずかしさから、ポプリで作られたクッションで顔を隠してしまう。

「解るわよ。ねえ。お相手はどなた？」

グスタヴスは、ブランシェス王国でいちばん辛辣《しんらつ》だと噂《うわさ》されていた。他にも数々の悪名が轟《とどろ》いている。留学している姉の耳にも、すぐに伝わる話だ。だが、本当のグスタヴスは優しい人なのに。

「……お姉様に言ったら、きっと反対するわ……」

どうしたら解ってもらえるだろうか。ティーナが呟《つぶや》くと、姉は真っ青になってしまう。

「神様……」

アメリアは宙を仰《あお》ぎながら嘆息する。相手が父の気に入る相手ではないと気づいたらしい。

「心配してくださらなくても、本当に優しい人なの。……お姉様も彼とお話ししてくれれば、きっと解ってくれる」

だが、グスタヴスが姉を見れば、他の男性たち同様に夢中になってしまうかもしれない。接《せっ》触《しょく》恐怖症なんて吹き飛んでしまうに違いないほど、アメリアは美しく思い遣《や》りがある女性だ。

ティーナは、こんなことを不安に思う自分が、醜《みにく》くて泣きたくなる。

「やっぱりあなたが心配だから、私にその人を会わせてくれないかしら」

ガタガタと震えるティーナの手を、アメリアはぎゅっと握り締めてくれた。温かい感触に、いっそう泣きたくなってしまう。姉はただ心配してくれているのに、どうしてこんなにも自分の心は醜いのだろうか。

アメリアをグスタヴスに会わせたくない。だが、貴族たちの集まりは数多くある。

いつかは、出会ってしまうのだから、仕方のない話だ。

「……ええ。もちろんよ。……でも、お父様には内緒《ないしょ》にしてね」

ブランシェス王国の第一王子ジョシュアとティーナは、お互いの好きな相手の予定を告げる密約を交わしていた。そのためグスタヴスが参加する予定の集まりは、熟知《じゅくち》している。

「次にあの方が来られるのは、ジョシュア殿下《でんか》のお誕生日を祝う舞踏会《ぶとうかい》なの。お姉様が帰って来られると思って、ドレスは用意しておいたから」

ティーナは、まるで自分が用意したかのように告げた。だが、アメリアのドレスを用意したのは誕生日を祝われるべきジョシュア本人だ。

ジョシュアは、アメリアが古風な考えの持ち主だと熟知している。結婚や婚約の相手でもない男性からドレスを贈られても、着てくれない可能性を考え、ティーナが用意したように告げて欲しいと頼んできたのだ。

彼が姉のために特注で作らせたのは、ラベンダー色のシフォンドレスだ。

「……でも、昔よりも私は身長が伸びているのよ。着られるかしら……」

不安そうにアメリアが呟く。だが、ジョシュアは事細かに今の姉のサイズを知っていた。妹のティーナですら昔からよく知らないようなことを、どうして彼が知っているのかは、予想もつかない。

「たぶん、大丈夫だと思うの。だから、次の舞踏会には、このドレスを着てね」

アメリアは戸惑《とまど》っている様子だった。

「ティーナがわざわざ用意してくれたものを、断ったりしないわ。ありがとう」

そう言って姉はドレスを試着する。肩口が大きく開いていて、美しいボディラインが強調されるようなドレスだった。光の加減で微妙に色が変わり、そのことが妖艶《ようえん》さを際立《きわだ》たせる。

波打つホワイトブロンドが引き立ち、まるで女神のように美しかった。

「綺麗《きれい》……」

思わず感嘆の声を出してすぐに、目を伏せてしまう。

こんなに美しいのだ。やはりグスタヴスは、姉に心を奪われるのではないだろうか。

「どうかした？　ティーナ。なんだか変よ」

自分の美しさに気づきもしない姉は、小首を傾げてみせる。その姿は、愛らしさが加わり、いっそう華やいで見えた。

「なんでもないの……」

笑って誤魔化《ごまか》す。すると姉に訝《いぶか》しがられないように、ジョシュアがついでに用意してくれたティーナの分のドレスを目敏《めざと》く見つける。

「あら？　これ、あなたの分でしょう？　とってもかわいい色だわ。着てみてくれない？」

ジョシュアが未来の妹のために……と贈ってくれたのは、アプリコット色のかわいいドレスだった。フリルやリボンがふんだんに飾られ、歩くたびにふわふわとスカートが揺れる。

以前、自分で用意したものは背伸びをして、大人びたものだったので、着てみても違和感があった。だが、これはよく似合っている気がする。

そのことが、八歳も年上で二十五歳のグスタヴスとは不釣り合いであることを証明しているようで泣きたくなった。だが、アプリコット色のドレスを身に纏《まと》うと、アメリアは眩《まぶ》しそうにティーナを見つめて、抱き締めてくる。

「小さかったあなたが、こんなにも成長したなんて……」

本当に自分は成長したのだろうか？　ただ心根が醜くなってしまっただけのような気がする。グスタヴスを好きになってから、どんどん我が儘で、悪い娘になっていた。ティーナはなにも成長なんてしていない。

「ごめんなさい……」

父はティーナがロブと婚約することを、楽しみにしている。自分の恋のために、苦労してきた父を傷つけていいものなのだろうか。

「どうして謝るの。素晴らしいことなのに？」

なにも知らずに、抱き締めてくれる姉の温《ぬく》もりを感じて、いっそう胸が苦しくなる。ティーナはただ無言のまま、ギュッと瞼《まぶた》を閉じた。

＊＊　＊＊　＊＊

ティーナが不安を抱いているうちに、ジョシュア王子の誕生日を祝う舞踏会の夜になった。

姉とともに贈られたドレスに着替え、エーレンフェル城へと向かう。

箱馬車のなかで、ティーナは落ち着かない気分で溜息《ためいき》を吐《つ》く。ふと姉を見ると、城に行くのは五年ぶりのためか、不安そうにみえる。だが、ティーナの視線に気づくと、気丈に微笑《ほほえ》んでみせた。

「……」

父の言っていた通りだ。姉の負担も考えずに、自分はずっと甘えていたのだ。あの頃のアメリアはまだ十五歳だ。今のティーナよりも二歳も幼《おさな》い。昔考えていたほど、大人ではなかったはずだ。

「お姉様ごめんなさい……」

思わず謝罪が口をついてでる。

「……また謝ってるの？　あなたの好きな方に会いたいと言ったのは、私なのに」

姉はそう言って、ギュッと手を握り締めてくれた。その温もりに、泣きたくなってしまう。

「ほら、外を見てティーナ。とても綺麗《きれい》だわ」

俯《うつむ》いているティーナの顔を上げさせて、姉が言った。

窓の外を見ると、エーレンフェル城が薄暗い月明かりのしたで、光に浮かんで見える。

エーレンフェル城はポルトフェ川を見下ろす高台の上に建てられていた。お祝いの日には、舞踏会の大広間だけではなく、部屋の灯《あか》りを灯《とも》しているため、暗闇《くらやみ》のなかで華やいだ光を放つのだ。

ティーナも社交界デビューしてからなんどか足を踏み入れたことがあるのだが、荘厳《そうごん》で煌《きら》びやかな城は、まるで物語に出てくるお城のようだ。

そうして、ふたりを乗せた馬車は城に辿《たど》り着く。いくつもの燭台《しょくだい》の明かりに照らされた玄関では、黒い天鵞絨《ビロード》のお仕着せを纏《まと》った従僕《じゅうぼく》たちが出迎えた。その中心を通り、深紅《しんく》の絨毯《じゅうたん》が敷《し》かれた階段をのぼり、大広間へと向かう。なかには美しく装った紳士淑女《しんししゅくじょ》がひしめきあっている。今日はいつもにまして人が多い。

「あなたの想《おも》っている方は、もう来られているの？」

姉が尋《たず》ねてくる。だが、ティーナは背が低いため、人混みになると誰かを捜すことは容易ではない。

「あの薔薇《ばら》窓のしたの辺りで待っていて。あの方を、すぐに探してくるわ」

そう言って辺りを見渡す。だが、前に人が立ち塞《ふさ》がり、室内を見通すことができない。

グスタヴスとジョシュアは柱時計のあたりにいることが多い。そちらを目指しながら、少しずつ前に進む。しかし、グスタヴスに先日のことをどう言い繕《つくろ》えばいいのだろうか。

ここで出会えば、ティーナが妖精でないことに気づくだろう。グスタヴスは、どれほど怒りを露《あらわ》にするだろうか。

ティーナが不安に胸を押し潰《つぶ》されそうになりながら前に進む。その途中、燕尾《えんび》服を身に纏《まと》った青年にぶつかってしまう。

「……あ、……っ！　ご、ごめんなさい」

ティーナは、慌《あわ》てて相手に謝罪した。

「ああ、別にワインは零《こぼ》していないから、気にしなくていい」

苦笑いしながら振り返った青年の顔を見て唖然《あぜん》とする。相手は、ティーナとの婚約話が持ち上がっている、伯爵子息のロブ・ディセットだったからだ。

「ティーナッ！」

彼もびっくりした様子で、目を瞠《みは》る。

「ちょうど良かった。話があるんだ」

焦《あせ》った様子でロブは、ティーナの腕を強引に引っ張り、人の少ない壁際に連れていく。

ティーナも彼に聞きたいことがあったのだ。どうして、ロブは姉ではなく、自分に結婚を申し込んだのだろうか。

「……あ、あの……」

尋《たず》ねようとしたとき、ロブがいきなり頭をさげた。

「すまない！　お前に婚約を申し込んだのは間違いなんだ！」

やはりロブが、ティーナを好きになるなんて、あり得ない話なのだ。少し前のティーナなら、複雑な心境になっていたかもしれない。だが、憧《あこが》れではなく、本当の恋を知った今は、間違いであることが純粋に嬉しかった。

「……よかった……」

安堵《あんど》のあまり涙が零《こぼ》れそうになる。

「お前が小さい頃に、俺がよくお菓子を渡していたのを覚えていた親父《おやじ》が誤解したんだ。……お、俺は……」

ロブはなにごとかを言いかけて黙り込む。そして、反対側の窓際をじっと見つめていた。

視線の先を辿ると、そこにはアメリアの姿がある。どうやらロブは今も、姉に恋し続けているらしい。だが、姉にはジョシュア王子という想い人がいる。そのことを知っているのだろうか。尋ねたくもなるが、お節介に人の恋路《こいじ》に口を出すわけにもいかない。

グスタヴスに叶《かな》わぬ恋をしているティーナは、ロブと自分と重ね合わせて、つい応援したくなる。だが、姉とジョシュアは両思いだ。無責任に、彼の背中を押すことはできない。

「……ロブ兄様」

申し訳なさにロブを見上げていると、ふいに誰かの強い視線を感じる。ティーナは不思議に思いながら、そちらを向いた。

壁際には人が少ないため、遠くのほうまで見ることができた。そして、視線のする方向を見つめる。

「……っ」

ティーナは驚愕《きょうがく》してしまう。そこには他の男性たちよりも、頭ひとつほど背の高いグスタヴスが立っていたからだ。

——気づかれたのだ。

妖精だと思い込んでいたティーナが、舞踏会の大広間に現れたのだから、彼もきっと驚いただろう。

きっとグスタヴスは今頃、誤解をとこうともしなかったティーナに腹を立てているに違いない。今すぐに、彼の傍《そば》に行って謝るべきだろうか。それとも、彼の視界の入らない場所に消えているべきなのだろうか。気が動転しながら、逡巡《しゅんじゅん》していると、ロブが申し訳なさそうに謝罪した。

「うちの親父はいちど思い込むと人の話を聞かないんだ。なにを言っても照れていると勘違いされて話にならない。すまないが、もう少しだけ、待ってくれないか。俺がちゃんと婚約話はなかったことにするから」

どうやらロブの思い込みの激しさは父親譲《ゆず》りだったらしい。そのうえ、自分の性格には自覚がないのだろう。ティーナは思わず苦笑いしてしまう。

「解ったわ。……じゃあ、お姉様を待たせているから……」

ロブに別れを告げると、ティーナはそっと柱の陰《かげ》に隠れた。そして、グスタヴスを窺《うかが》う。すると、やはり彼はこちらを見ている。

ティーナは通りすがりの背の高い男性の陰に隠れて、姉のいる場所に近づこうとした。すると、グスタヴスの視線は、あきらかに移動するティーナを追ってきている。

「……ど、どうしたらいいの……っ」

真っ青になってティーナは人波を抜けて先を急ぐ。早く姉のもとに行きたかった。状況に焦《あせ》るあまり、自分ではどうしていいか、まったく解らない。そして、ようやくアメリアのもとに辿《たど》り着くと、ティーナはそっとグスタヴスを窺《うかが》った。

グスタヴスは、もうこちらを見てはいなかった。早足で急いだせいで見失ったのだろうか？それとも、視線を感じたと思ったのは、気のせいだったのかもしれない。

「お姉様。あの方よ」

アメリアがゆっくりとグスタヴスの方向を見つめる。あれほど素敵な人なのだ。他の人とはまったく違う。すぐに気づいてくれるだろう。

「どこ？」

だが、アメリアは人混みのせいか気づかない様子だ。扇《おうぎ》で顔を隠しながら、ティーナに耳打ちしてくる。姉の腕を引いて、グスタヴスが真っ直ぐ向いたところにくるように位置を合わせる。すると、姉はハッとした様子で尋ねてきた。

「ごめんなさい……。見間違ったみたい。あの方……じゃないわよね」

声が心なしか震えている。もしかして、グスタヴスは知り合いなのだろうか？

「いいえ。あの柱時計の側にいらっしゃる方よ」

グスタヴスはジョシュア王子となにか難しい話をしている様子だ。豪奢《ごうしゃ》な衣装を纏《まと》っているラズベリッシュブラウンの髪のジョシュアと、漆黒《しっこく》の盛服を身に纏う銀髪のグスタヴスは、ともに他を圧倒するほど麗《うるわ》しい。彼らの背の高さと脚《あし》の長さ、そして均整の取れた身体が、いっそう優美さを醸《かも》し出している。ふたりがいる場所は、まるで空気が違ってみえるほどだ。

「なんて素敵なの……」

グスタヴスを夢中で見つめていると、アメリアがなにごとかを呟《つぶや》くのが聞こえた。

「……あなたの……人は、…………ジョシュア王子……の……？」

しかしティーナはグスタヴスを見つめることに夢中になるあまり、舞踏会のざわめきのせいでうまく聞き取れなかった。

たしか、『あなたの好きな人はジョシュア王子の隣にいる人なの?』だった気がする。

そうだ。ティーナの好きな人はグスタヴスだけだ。あんな素敵な人は他にいない。彼に自分が不釣り合いであることは解っている。だが、ジョシュアも手伝ってくれると言ってくれた。

ほんの少しだけでもいいから、彼の傍にいたい。グスタヴスを見ているだけで、頬が熱くなってしまう。瞼《まぶた》を閉じると思い出すのは、彼の甘い口づけと優しい声だ。強引な貴族から助け出してくれたグスタヴスも素敵だったが。甘くて優しい彼にもときめいてしまう。

「王子様は、私の願いを必ず叶えてくださると誓ってくださったの」

この先、ジョシュア王子から手紙が来た際、姉に誤解されないために、そのことを告白する。ジョシュアはティーナのことを未来の妹だと言っていた。あんな思い遣《や》りのある兄ができるなんて、なんて素晴らしいのだろうか。思わず溜息が洩《も》れてしまう。

グスタヴスたちを見つめていると、ふいに彼らがこちらを見返した。そして、隣のジョシュアは愉《たの》しげに手を振ってくる。

「……っ」

あまりに麗しい姿に見惚《みと》れてしまっていたが、ティーナはグスタヴスと顔を合わせられる状況ではなかった。どうしていいか解らず硬直していると、ふたりが揃《そろ》ってこちらに歩いてくる姿が見える。

そうしてティーナは、ついにグスタヴスの部屋から逃げ出した日から初めて、彼に対面することになった。グスタヴスは怜悧《れいり》な眼差《まなざ》しで、こちらを見つめている。

「ふん。狼《おおかみ》の縄張《なわば》りに迷い込んだ愚《おろ》かな子兎《こうさぎ》二匹……といったところか」

どうしてティーナたちが子兎なのだろうか。意味が解らず呆然《ぼうぜん》としていると、アメリアが苛《いら》立《だ》った様子で言い返す。

「……っ!? グスタヴス様、それはどういう……」

だが、姉の言葉を遮《さえぎ》り、ジョシュアが挨拶《あいさつ》した。

「久し振りだね。アメリア。君がいないブランシェス王国は火が消えたようで、とても寂《さび》しかったよ。それにティーナも元気そうでなによりだ」

ジョシュア王子はずっとアメリアの帰りを待っていたのだ。いつもは女性と一切、話をしないようにしていたのに、わざわざこちらまで近づいてきたぐらいだ。その嬉しさが窺える。

「あ……、あの……」

姉にそのことを伝えようとしたとき、グスタヴスがギロリと睨《にら》みつけてきた。ふたりの話の邪魔《じゃま》をするなという意味なのだろう。ティーナはアメリアの後ろに立って唇を閉じた。

「寂しいだなんて、ご冗談を。ジョシュア殿下の派手な女性関係の噂は隣国のアルヴァラ王国まで届いていましたわ」

「……え?」

どうしてそんな噂が流れたのだろうか。ジョシュアは女性と話そうともしていなかった。そのせいで、グスタヴスと怪《あや》しげな関係なのではないかという心ない噂が流れたぐらいだ。

ジョシュアも、愛するアメリアの耳に、偽《いつわ》りの噂が流れたことに傷ついたのか、真っ青になってしまっている。

「……僕が望まなくても、令嬢たちは勝手に熱を上げてしまうからね。おかしな噂が流れてしまうのも仕方がないことだよ」

確かにその通りだった。ジョシュアは視線を投げかけただけでも女性が卒倒《そっとう》してしまいそうなほど人気がある。そんな噂が流れるのも仕方がないのかもしれない。

すると、とつぜんアメリアがジョシュアに言った。

「ジョシュア殿下。本日はお誕生日おめでとうございます。おめでたい席で申し訳ないのですが、……妹のことで、お話ししたいことがあるのです。どうか、少しだけでもお時間を割《さ》いていただけませんか」

もしかしてグスタヴスのことを聞こうとしているのだろうか。それとも、彼を前にしてみて、気に入らなかったということなのだろうか。不安になったティーナは、姉の腕を引いた。

「……お姉様？　とつぜんなにをおっしゃるの」

だが、ジョシュアは笑顔で返す。

「すまないけど、今日はいろいろと大切な用事があってね。良かったら、明日の正午に城を訪ねてくれないかな。一緒にお茶でもどうだい。……ああ。久し振りに君の淹《い》れたハーブティーが飲みたいな。軽く抓《つま》めるものは、こちらで用意するから」

姉の淹れてくれるハーブティーは絶品だ。ジョシュアも久し振りに、ふたりでお茶を愉《たの》しみながら寛《くつろ》ぎたいのだろう。

「お忙しいジョシュア殿下のお時間を特別に割いていただくのは、とても心苦しいのですが、確かにここでは言いにくいことなので、明日、お邪魔《じゃま》させていただきますわ」

グスタヴスのことで、話し合うのならば、ティーナも一緒に行きたかった。だが、久し振りの恋人たちの逢瀬《おうせ》に、邪魔することはできない。

深々と礼をするアメリアに、ティーナもそれにならって、ジョシュアたちに頭をさげた。すると、ティーナが顔を上げきる前に、アメリアは手を摑《つか》んで歩き出してしまう。

「今日はもう帰りましょう、ティーナ。明日、ジョシュア殿下と良く話し合っておくから、安心して」

そういえば、アメリアはティーナが朝帰りしたことを知っている様子だった。もしかしたら、グスタヴスは不実な男だと思われているのかもしれない。

「……グスタヴス様……」

後ろを振り返ると、グスタヴスがじっとこちらを見つめていた。ティーナは気になってしまい、なんどもなんども彼を振り返る。

「お姉様、少し待って……。あの方とお話ししたいことがあるの」

ティーナは懇願《こんがん》するが、姉はまったく話を聞いてくれない。

グスタヴスに一言詫《わ》びたかった。騙《だま》すつもりはなかったと伝えたかった。そして、乱暴な貴族から助けてもらったお礼を言いたかった。

姉が傍に立っていてくれたら、声を詰《つ》まらせずに、きっと言える気がするのに。

「お願いよ。今日はもう邸に帰ってちょうだい。……ジョシュアとは、ゆっくり話し合っておくから」

アメリアが深く溜息を吐《つ》く。ティーナはそれ以上、願うことはできなかった。

＊＊　＊＊　＊＊

翌日、姉のアメリアは正午にひとりでエーレンフェル城に向かった。

だが、姉は邸に戻って来なかった。

夕方頃に、城からの使いがやってきて、グスタヴスの父である公爵の誕生祝いの晩餐会《ばんさんかい》があるため、アメリアをパートナーに連れて行くという理由が伝えられた。

グスタヴスの父は、ジョシュアの叔父《おじ》にあたる。正式な結婚相手として、紹介するのだろう。

その話を聞いた堅物《かたぶつ》の父は、たいそう喜んでいた。ジョシュア王子が五年もの間、愛娘《まなむすめ》のことだけを想《おも》って、舞踏会などで女性を退けていたことを知ったからだ。

姉の恋は順風満帆《じゅんぷうまんぱん》だ。

人に好かれるためには、相応の努力がいる。好きな相手に、謝罪もお礼も告げられていないティーナに、姉を羨《うらや》む権利などない。

グスタヴスのことで、ジョシュアとアメリアはどんな話をしたのだろうか？　そのことが気にかかる。だが、翌日の早朝にはアメリアは結婚準備のために、しばらく邸には戻らないという報《しら》せが届いた。

ジョシュアは姉だけを想って、五年も待っていたのだ。一刻も早く結婚したいのだろう。姉もグスタヴスとティーナのことを気にかける余裕などなくなってしまっているに違いない。

「いつまでも人に頼ろうとするのはやめて、私も行かないと……」

ここで悩んでいても、埒《らち》が明かない。少しでも早く、グスタヴスに対して、この間のお詫《わ》びと、助けてもらったお礼を言わなくては。

ティーナは急ぎ、グスタヴスが部屋を借りている老舗《しにせ》ホテルに足を向けた。

＊＊　＊＊　＊＊

瀟洒《しょうしゃ》なホテルの石階段を上がって、その先にある回転扉を潜《くぐ》ると、壮麗《そうれい》なロビーが広がっていた。天井《てんじょう》は高く三階まで吹き抜けになっている。オリーブ色の絨毯の先にある、一枚板のオーク材のカウンター。白いシャツに黒い制服を纏《まと》っている洗練された佇《たたず》まいのホテルマンたち。重々しく静かな雰囲気《ふんいき》に、ティーナは場違いさを感じて、コクリと息を飲む。

ロビーの奥は、ラウンジ、そのさらに奥はレストランになっている。ラウンジでは、紳士《しんし》たちが煙草《たばこ》を嗜《たしな》みながら、コーヒーを飲む姿が見えた。女性ひとりでここにいるのは、ティーナだけだ。

いきなりグスタヴスの部屋に行くわけにはいかない。だが、やはり気後れしてしまう。

衝動的に邸を出て来てしまったが、約束もなしに住んでいる場所を訪《たず》ねるのは、失礼なことだ。やはり手紙を書いて、先に会ってもらえるか尋ねるべきだろう。

「……」

ティーナが深く溜息を吐いて、踵《きびす》を返そうとしたとき。

グスタヴスが、階段をおりてくる姿が見えて、息がとまりそうになる。

「……っ！」

ホテルまで押しかけたことを知られれば、呆《あき》れられるに違いない。外に出ようとする。だが、階段をおりてくるグスタヴスとかち合う場所を通る必要がある。ティーナは慌《あわ》てて、奥のラウンジに向かって歩き、グスタヴスに背を向けた。しかし、彼もラウンジに用があったらしく、こちらに向かってきてしまう。

「ど、どうしたらいいの……」

オロオロと周りを見るが、逃げられそうな場所はない。

せめて隠れようと、壁際の観葉植物に寄り添う。すると、グスタヴスは真っ直ぐティーナのもとに歩いてくる。

「……っ⁉」

優雅な足取りでティーナの目の前までやってきた。そこで足をとめたグスタヴスは、冷ややかにこちらを見つめてくる。疚《やま》しさから言葉がでない。

ティーナがただ呆然《ぼうぜん》と見上げていると、グスタヴスは、低く唸《うな》るような声で言った。

「私に話があるのか」

周りに顔を向けると、支配人が会釈《えしやく》してくる。以前、グスタヴスが薬を盛られて朦朧《もうろう》としていたとき、ティーナをここに連れ帰ったことがあった。どうやら支配人はそのときの少女だと気づいて、彼に連絡したらしい。

「あ、あ……、あの……」

グスタヴスに言いたいことがあった。だが、緊張のあまり告げることができない。

「落ち着け。怒ってなどいない」

じっと探るような眼差《まなざ》しが向けられる。ティーナが話せるまで、グスタヴスは待ってくれる様子だ。

息を吸い込むと、少しだけ落ち着くことができた。そうだ。グスタヴスにお礼を言わなくては……ティーナはずっとこの日を待っていたのだから。

「い、……以前、無理やり……部屋に引き摺《ず》り込まれそうになっているのを、……グスタヴス様に……、助けていただいたことがあって。……お、お礼が……言いたかったのです……。あ、ありがとうございました」

深々と頭をさげると、グスタヴスは驚いている様子だった。

「……あのときの女は、あなたか……」

やはりグスタヴスは、助けてくれたときに、ティーナの顔を見ていなかったようだ。しかし、そのときのことは記憶してくれているらしい。

「お、……覚えてくださって……いたのですか」

「ああ……」

グスタヴスは静かにティーナを見下ろしながら、微《かす》かに頷《うなず》いた。もう忘れられているのではないかと思っていた。ティーナは嬉しさから顔を綻《ほころ》ばせた。そして、本当のことを言えなかったことを詫《わ》びた。

「せ、先日は……、わ、私……、人間で……ごめんなさいっ。言えなくて、ごめんなさい」

彼に触れられたことが脳裏《のうり》を過《よ》ぎり、ティーナは真っ赤になってしまう。すると、グスタヴスは顔を顰《しか》める。

「あなたの話は、それだけか？　……くだらん用事だな」

『くだらない』その言葉に、心が暗く沈んでいく。

「あ……」

確かに他に用事などない。ティーナはずっとこの日を夢見ていた。だが、お礼も謝罪もグスタヴスにとってはどうでもいいことだったのだ。グスタヴスには無駄《むだ》に手間を取らせただけになってしまった。

ティーナはただ、彼に想いを伝えるという自己満足を叶《かな》えたかっただけなのかもしれない。

申し訳なさに、涙が滲《にじ》んでくる。

「……ほ、本当に……ごめんなさいっ」

ティーナは深く頭をさげると、グスタヴスの脇を摺《す》り抜けて、外に向かって駆け出した。

「待てっ」

後ろからグスタヴスの声が聞こえる。だが、足をとめることはできない。

落ち着いた雰囲気のホテルのなかを、駆け出すという不躾《ぶしつけ》な真似《まね》をしているのは解《わか》っていた。

だが、そうせずにはいられなかったのだ。

もうこれで、グスタヴスに話しかける切っかけがなくなった。そのうえ、自分は正直に妖精ではないと言えなかったせいで、きっと彼に疎《うと》まれている。二度とグスタヴスに面と向かって話せることはないだろう。

ティーナはホテルの外に出たところで、ドンッと誰かにぶつかり、転びそうになった。その身体が相手に抱き留められる。

「……ご、……ごめんなさい」

慌ててティーナは謝罪した。だが、いきなり強く抱き締められてしまう。

「だからあいつには近づくなって言っただろっ。なにされたんだよ！　僕がとっちめてやる」

激高《げっこう》した様子で声を荒らげたのは、幼なじみのアランだった。先日、ティーナは彼にひどいことを言ってしまったのに、まだ心配してくれていて、ここで見張っていたらしい。

「……グスタヴス様は……なにもされていないわっ」

しゃくり上げそうになるのを抑《おさ》えて、ティーナは反論する。

「なにもないって……。お前、泣いてるじゃないかっ！」

ティーナの眦《まなじり》が濡れていることに目敏《めざと》く気づいたアランは、苛立《いらだ》った様子で追及してくる。

「……な、泣いているのは、……私が自分の愚《おろ》かさが嫌になっただけ……。アラン……、いいから手を放《よじ》して……」

身体を捩りながら、彼を押し退《の》けようとしたときだった。

いきなりティーナの襟首《えりくび》が強く引かれて、身体が後ろにさがる。そしてティーナに押された格好のアランは地面に尻餅《しりもち》をついてしまう。

「いってぇ……！　お、お前……！」

痛みに顔を顰《しか》めたアランが、ギョッとした様子で、ティーナの後ろを睨《にら》みつける。

「……え……っ」

なにごとかとティーナが振り返ると、無表情のまま、アランを見下ろすグスタヴスの姿があった。

「こんな往来で女に無理強《むりじ》いか。……人に薬を盛《も》る卑怯《ひきょう》さといい、見下げたガキだな」

侮蔑《ぶべつ》の眼差《まなざ》しを向けながら、グスタヴスが言い放つ。

「ティーナを放せよ！」

アランは立ちあがると、グスタヴスを睨みつける。グスタヴスはすぐに、手を放してくれた。

「先ほど無理やり、この女を抱いていたのは、お前だ」

ティーナはただおろおろと、ふたりを見比べていた。どうして、喧嘩《けんか》のような状況になったのか理解できない。

「ちくしょうっ！」

とつぜんアランが、グスタヴスに殴《なぐ》りかかっていく。

「やめてっ……」

グスタヴスを庇《かば》い、ティーナはアランを押さえつけた。だが、同じぐらいの身長だったはずなのに、いつの間にかアランは大きく身長が伸び、力も強くなっているらしい。

そのままティーナは後ろに転びそうになってしまう。

「あ……」

するとふたたびグスタヴスが彼女の襟首を摑んで後ろに引いた。接触恐怖症のせいなのだろうが、まるで通りすがりに拾った猫のような扱いだ。

そしてグスタヴスは、アランを鋭《するど》く睨みつける。

「くっ……、こ、この野郎っ」

グスタヴスの気迫に怯《ひる》んだアランは、必死に虚勢《きょせい》を張っている様子だった。

「……ティーナに……、ティーナになにしたんだよ！」

アランは震える声で怒鳴りつける。

「……ティーナ？　それがこの女の名前か。ふん。……私が、こいつになにをしたのか、ここで聞きたいのか」

グスタヴスは薄く笑っている。気がつくと通行人たちはみんな、遠巻きにこちらを見ていた。

ティーナは真っ赤になって俯《うつむ》いてしまう。アランもやっと今の状況に気づいたらしく、歯痒《はがゆ》そうにしながらも、それ以上グスタヴスを追及しなかった。

「……お、覚えてろっ！　ぜったいに、ただでは済まさないからな！　ティーナ、邸まで送ってく。行くぞっ」

ティーナの腕が、アランに強引に邸の方向へと引っ張られる。グスタヴスが気にかかって、後ろを振り返ると、ただ静かに彼はこちらを見つめていた。

＊＊　＊＊　＊＊

アランに邸まで送られたティーナは、真っ直ぐに自分の部屋に向かった。いつものダマスクローズの香りが、少しだけ心を落ち着けてくれる。

深く溜息を吐いたとき、グスタヴスの言葉が頭を巡《めぐ》った。

『くだらん用事だな』

ティーナは心の底で期待していたのかもしれない。もしかしたら、グスタヴスは人間であったとしても、自分に触れてくれるのではないか、……なんて夢のようなことを。

だが、それはただの希望でしかないと思い知らされた。

グスタヴスはティーナに触れられない。だから、ホテルの前でアランを退けるときも、手袋を嵌《は》めているにもかかわらず、ティーナの襟首を摑んだのだろう。

温《ぬく》もりも、抱き締めてくれる腕の強さも、男らしい匂いも、甘やかな声も、ぜんぶ覚えているのに、二度とグスタヴスには触れてもらえないのだ。

「妖精になるにはどうしたらいいの……」

だが、そんなことをいくら考えても、叶《かな》えられるわけがない。

ティーナは、ただの人間でしかないのだから。

ふいにグスタヴスの部屋にあったウサギのぬいぐるみのことが思い出された。そして、棚に向かう。そこにはいくつものぬいぐるみが置かれていた。そのうちの一つは、同じ会社が販売したウサギのぬいぐるみだ。彼のベッドにあったものは大きなものだったが、ここにあるのは子犬ぐらいのサイズしかない。

小さいときは抱き締めるのにちょうど良かったのだが、今では少し小さい。

ウサギのぬいぐるみを見ていると、彼の唇《くちびる》の感触が思い出され、胸が苦しくなってしまう。

妖精は無理でも、せめてこのぬいぐるみだったら、彼の部屋に置いてもらえたかもしれない。

女々《めめ》しいことばかり考えてしまう自分が嫌になる。

「……こんなだめな子じゃ、グスタヴス様に好きになっていただけるわけないもの」

頭を振ることで暗い考えを払拭《ふっしょく》し、ティーナは気分転換にドライフラワーのコサージュを作り始める。

グスタヴスのイメージで作ることに決めて、白いレースや青い花を中心にシックにまとめていく。鈍色《にびいろ》のワイヤーで固定し、ラベンダーの安らぐ香りにして、絹の刺繍《ししゅう》糸で縫《ぬ》い上げると完成だ。ティーナは出来上がったコサージュをウサギのぬいぐるみのリボンに飾る。

こうしていると心が和《なご》む。だが、自分の殻《から》に籠《こ》もって現実逃避しているに過ぎない。

「やっぱり成長できていないのね……」

結局、ティーナは子供の頃のまま、なにも変われていない気がする。こんなとき、大人の女性なら、好きなひとに対してどうすればいいのだろうか。

「グスタヴス様のお役に立つには、……どうすればいいの？」

彼の周りを騒がしたお詫《わ》びのためにも、すこしでも役に立ちたかった。

思いつくのは、彼が接触恐怖症になった原因を、取り除くことだ。だが、やはり赤の他人が、勝手な真似《まね》をするのは憚《はばか》られる。

愛《いと》おしげに自分を抱き締めるグスタヴスの姿が脳裏《のうり》に過《よ》ぎった。彼は久し振りに触れた人の体温を慈《いつく》しんでいたように思える。やはり今の状況は寂しいのではないだろうか。

誰にも触れられず、周りを拒絶してたったひとりで生きていくなんて、ティーナならできない。どうして彼が人に触れられなくなったのか、従弟《いとこ》であるジョシュア王子なら、なにか原因を知っているのではないのだろうか。

ティーナはエーレンフェル城にいる彼に対して、手紙をことづけた。

＊＊　＊＊　＊＊

――昨日、ジョシュア王子に送った手紙は、驚くほど早く返事がやってきた。その内容は、グスタヴスのことが知りたければ、昼前にエーレンフェル城にやって来いとのことだった。

アメリアとのお茶会も用意してくれるらしい。

「まあ。お姉様に久しぶりに会えるの？」

ティーナは嬉《うれ》しさ半分、戸惑《とまど》い半分の気分で、手紙にある通りに、王城に向かった。食堂に通された彼女は、なぜかテーブルに着かされる。そこには、グラスや食器がセットされていた。向かいには、もうひとり分の食器が置かれている。だが、ジョシュアは座ろうとはしない。姉の分なのだろうか？　困惑《こんわく》しながら彼を見上げると、微笑《ほほえ》まれる。

「ふふ。未来の妹の頼みを断るわけにはいかないからね。できる限りのことはさせてもらうよ」

ジョシュアはなにかいいことでもあったのか、今まで見たことがないほど上機嫌だった。

エーレンフェル城にやって来れば、姉に会わせてもらえるのだと思い込んでいたティーナは、首を傾《かし》げてしまう。

「あの……。姉はいまどこに？　お城に伺《うかが》ってから、一度も邸《やしき》に戻ってくれないのですが──」

ずっと不思議に思っていたことを尋ねる。すると、ジョシュアはなぜか、微《かす》かに顔を強張《こわば》らせた。

「ごめんね。アメリアは僕との結婚準備で忙しくてね」

ブランシェス王国の世継ぎの王子となれば、国を挙げての式典になる。それなら、姉が邸に帰れなくても仕方がない。

「……すみません。私の言ったことは気にしないでください……」

気が利《き》かないことを聞いてしまった。そう思い、しょんぼりとしていると、ジョシュアが優しく言った。

「せっかくアメリアが帰国してくれたのに、引き離してしまって悪かったね。でも、今日の昼過ぎに、約束通りお茶会の席を用意したから、そこでゆっくりと話すといいよ」

ティーナはジョシュアを見つめて顔を輝かせる。

「本当ですか。ありがとうございます！」

つい嬉しさから、子供みたいにはしゃいでしまったせいか、彼は苦笑いしている。

「……ご、ごめんなさい」

ティーナは恥じらいながら姿勢を正す。すると、給仕が近づいてきて、ジョシュアに飲み物をどうするのか、尋ねてきた。ジョシュアは、誰かの好きなワインを運ばせようとしている。

ティーナは、お酒が飲めないため、オレンジジュースを頼んだ。

「本当に君はアメリアが大好きなんだね。……そんな君に良いものをあげるよ」

ジョシュアはそう言って、ルビー色の液体が入ったガラスの小瓶《こびん》を差しだしてくる。

「これは？」

ティーナが首を傾げると、ジョシュアは不敵な笑いを浮かべた。

「君の姉さんが、大好きなものだ。もしも、グスタヴスを前にして、勇気を振り絞《しぼ》れなかったら。これを飲むといいよ」

蓋《ふた》を開けようとするが、ジョシュアは慌《あわ》てて、その手をとめた。

「今は開けちゃだめだよ。魔法はいちどしか利《き》かない」

　この小瓶には、魔法がかけられているらしい。ティーナは目を丸くする。

「苦いお薬は苦手なのですが……」

　魔法という言葉はとても気になる。だが、なにか解《わか》らないものを飲むのは怖い。

「大丈夫。なかはラズベリー味のシロップみたいなものだから。心の栄養剤だとでも思えばいいよ」

　ラズベリーは大好きだった。ティーナは小瓶の中身を飲むのが愉《たの》しみになってしまう。

「あの……、ジョシュア殿下《でんか》。これを味見してみてもいいですか」

「魔法はいちどしか利かないって、さっき僕が言ったのを忘れた？」

　ジョシュアに苦笑いされて、ティーナは真っ赤になってしまう。

「……そうでした……」

　ティーナは俯くと、ジョシュアから受け取った小瓶を、大切にポケットに忍ばせた。

「ところで、どうして私をここに？」

　グスタヴスのことについて話をさせてくれるのではないだろうか？　それにしては、ジョシュアはいまだに席に座ろうとしない。先ほど頼んだワインも、人の好みに合わせていたように思える。

「うん？　ああ、まだ説明していなかったね。ここには、叔父上《おじうえ》を呼んでおいたんだ。グスタヴスのことを知りたければ、なんでも聞けばいい」

食堂に呼んだということは、グスタヴスの父と食事しながら、ふたりきりで話をしろということなのだろうか。

「……っ！　あ、の……グスタヴス様のお父様……を、ですか……」

想い人の父に会えるとは考えていなかった。あがり症のティーナは、ガチガチに硬直してしまう。

「そうだよ。幼少の頃からグスタヴスと一緒に過ごしているんだから、さすがになんでも知っているし、裏で勝手に調べるわけでもないから、大して角も立たない」

確かに正攻法ではある。だが、ジョシュアは簡単に言うが、親に話を聞くことは、本当にコソコソと調べることにならないのだろうか？　グスタヴスが知れば、気を悪くするのではないのだろうか？

だが、戸惑っている間に、食堂にノックの音が響いた。ティーナは慌てて立ちあがった。

「どうぞ」

ジョシュアは愉しげに声をかける。だが、ティーナは緊張のあまり今にも卒倒《そっとう》してしまいそうだ。戸惑っている間に、グスタヴスの父が入室してくる。

初めて彼の父を前にしたのだが、銀糸のような美しい髪や背の高さ、それに面立《おもだ》ちなどがグスタヴスにそっくりだ。老いを感じさせない壮健《そうけん》な肢体《したい》。眼差《まなざ》しひとつで女性を虜《とりこ》にする、どこか艶《つや》めいた瞳《ひとみ》。顎髭《あごひげ》を伸ばしているという特徴はあるが、グスタヴスもあと二十年もすれば、こんな男性になることが予想できた。

「叔父上、忙しいところ、すみません」

挨拶《あいさつ》するジョシュアの隣で、ティーナも恐縮《きょうしゅく》して頭をさげる。

「……は、初めまして。ティーナ・コーラルです」

「カーズ伯爵《はくしゃく》のご令嬢だよ」

名乗ることで精一杯のティーナに、ジョシュアが注釈《ちゅうしゃく》をいれてくれる。

「彼女は僕の花嫁になるアメリアの妹なんだ。よくしてやって」

するとグスタヴスの父から探るような視線が向けられる。グスタヴスの父である公爵を前に、頭が真っ白になる。だが、ここで逃げ出して話を聞かなければ、一生彼のことを知ることはできない。

「ジョシュア殿下。この方が、グスタヴスの想《おも》い人か」

なにか誤解があるようだった。見知らぬ少女が息子のこと聞こうとしているのだから、勘違いするのも当然かもしれない。ティーナは慌てて訂正する。

「……ち、ち、違います……っ。私はグスタヴス様にいろいろ助けていただいたので、一方的にお慕《した》いしているだけで……」

捲《まく》し立てるように言うと、公爵は意外そうに尋ねてくる。

「あのグスタヴスが人助けをしたと？」

「あいつは、この子になら自分から話しかけに行くんだよ」

戯《おど》けるように、ジョシュアが続けた。

確かにグスタヴスから話しかけられたことはある。だが、そのすべては、狼《おおかみ》の群れに迷い込んだ兎《うさぎ》だの、なにをしに来ただのといったものばかりだ。色気のある話ではない。

「自分から？　それは間違いないようですな」

どうして、それが間違いないことになるのだろうか。ティーナにはさっぱり解らない。

頭を傾《かし》げていると、ジョシュアが手を広げてみせる。

「おふたりでごゆっくり。邪魔者《じゃまもの》は退散しておくよ。……昼もアメリアとふたりきりで食事したいから。それじゃ、ティーナはまた後でね。必ず中庭に来るんだよ」

ジョシュアは、給仕に対して食事を運ぶように合図をすると颯爽《さっそう》と去っていった。

「かけたまえ。それで、儂《わし》にどういった用件ですかな」

ふたりが席に着くと、しばらくして前菜にオマール海老《えび》のサラダが運ばれてくる。公爵は食べる姿も優雅だ。ティーナは緊張のあまりフォークとナイフを取り落としそうになってしまう。

緊張で声が出ない。だが、懸命《けんめい》に振り絞って尋ねた。

「こ、こんなことを尋ねるのは、失礼だと思いますがお伺いします。……グスタヴス様はどうして、人に触れなくなってしまったのでしょうか」

原因もなく、そんな症状になるとは思えなかった。原因があるのなら、それを取り除きたい。

そして、グスタヴスには平穏で幸せな生活を送って欲しい。

「あなたにも触れないのか」

ティーナは真っ赤になってしまう。グスタヴスの指の感触を思い出したからだ。しかし、あれは彼女が妖精だと誤解されていたから、叶《かな》えられたことだ。今は手袋越しにすら、触れてもらえない。

「あ……。あの……」

ティーナは違うと言おうとした。だが、狼狽《ろうばい》する様子に公爵は勘違いしたのか、深く頷《うなず》いた。

「息子の代で、跡継ぎがいなくなるかと心配していたが、光明《こうみょう》が見えてきたようですな」

「……あ、……それが……」

ふたたび誤解をとこうとした。だが、公爵は話を進めていく。

「お恥ずかしい話ですが、あれが幼い頃、儂ら夫婦は些細《ささい》な誤解が原因で、関係を拗《こじ》らせておりましてな。当てつけのようにお互いの愛人を邸に呼んで、享楽《きょうらく》の限りを尽くしていた」

公爵の話に、呆然《ぼうぜん》としてしまう。もしも両親が、愛人を作って邸に住まわせていたら、子供なら誰だって深く傷つくに決まっている。

幼いグスタヴスが、そんな辛《つら》い生活をしていたなんて、思ってもみなかった。

「そのせいか、優しく人当たりのよかったグスタヴスは、儂らとは目も合わさず、いつしか部屋に籠《こ》もりがちになり、人との接触を避けるようになってしまった」

公爵はそう言って溜息を吐く。

「今ではどうにか儂らの夫婦仲はもとに戻っておるのですが、息子は邸を出たまま、体面上の理由がない限りは寄りつこうとせんのです」

「そうだったのですか……」

先日、グスタヴスの父が晩餐会《ばんさんかい》を行ったときも、彼は嫡子《ちゃくし》として姿を現し、祝いの言葉を述べたらしい。だが、晩餐会が終わるとすぐにホテルへと帰ってしまったのだという。

「接触《せっしょく》恐怖症が大人になっても治らんのは、あれは儂らをまだ恨《うら》んでいる証《あかし》なのでしょうな」

グスタヴスが人を恨むとは思えなかった。彼は人に対して冷たい物言いをするが、誰かを恨むような陰湿な性格には見えない。もしかしたらグスタヴスは、自分が愛して心を許した人を裏切ったり、裏切られたりすることに怯《おび》えているのではないだろうか。

ふと、ティーナの脳裏《のうり》にグスタヴスの寝室でのことが過《よ》ぎる。

「あの……。グスタヴス様のお持ちになっている大きなウサギのぬいぐるみについて、なにか覚えていらっしゃいませんか」

同じものを、ティーナは両親からに受け取っていた。もしかしたら、グスタヴスも同じなのではないかと考えたのだ。

「ウサギ？　……ああ、妻がリトルラビットと言っていた、アレのことでしょうかな」

「それですっ」

それは彼が呼んでいた名前と同じだ。間違いない。

「グスタヴスが幼い頃に、独《ひと》り寝《ね》が寂《さび》しくないように妻が買い与えたものですな。それがなにか？」

両親に贈られた理由までも、ティーナと同じだなんて、驚いてしまう。

「グスタヴス様は、そのぬいぐるみを大事に持っていらっしゃいました。……公爵様がお話のように、本当にご両親を恨んでいらしたのなら、捨ててしまっているのではないでしょうか」

ティーナの言葉に、公爵は懐かしそうに瞳を細める。

「そうでしたか、あれが、まだぬいぐるみを……」

感慨《かんがい》深そうに、昔を懐かしみながら、公爵は続けた。

「実はあのぬいぐるみを街に買いに行ったときに、儂は運悪く流行病《はやりやまい》にかかりましてな。本来なら、子供のうちにかかるはずの病気で、大人がかかると大病となることもある。そのときの高熱のせいで、子を残せぬ身体《からだ》に……」

公爵の妻は二人目の子供を切望する姑《しゅうとめ》と折り合いが悪くなり、いつしか夫婦仲も拗れてしまったらしい。公爵の母はそれから何年も経った後、成人男性がその流行病にかかると子種がなくなることもあるという噂を聞きつけ、ようやく嫁と和解したらしい。そして、公爵とも少しずつ関係を修復したのだという。だが、その頃には、グスタヴスは邸を出てしまった後だったと、教えてくれた。

「そういえば、儂の子種がなくなったのは、今のグスタヴスと同じ歳《とし》の頃の話か……、すまんがお嬢さん。……できれば、急いでくださらんか。息子も同じ目に遭《あ》わんとも限らんのでな」

一瞬なにを言われたのか、解らなかった。だが、遅れて気づいた。

公爵は、ティーナに対して、早くグスタヴスとの子供を作れと言っているのだ。

「わ、私は……、結婚相手というわけでは……」

ティーナは真っ赤になってブルブルと頭を振る。すると、公爵は苦笑いした。

「グスタヴスが自分から人に話しかけたのは、儂が知る限り二十年以上前のことだ。きっとあなたは特別な存在なのでしょうな」

公爵は誤解している。話しかけられたといっても、色気のある話などではない。

それにしても、グスタヴスはそんなにも長い間、ひとりきりで心の傷を抱えていたのだろうか。ティーナもあがり症で、緊張すると言葉が出なくなってしまう。だが、家族である父や姉がいつも助けてくれていた。

庇護《ひご》してくれるはずの両親が元凶のうえに、仲違いしていたグスタヴスは、誰かに助けを求めることも叶わなかったのだろう。

「妻が育児を放棄《ほうき》して、グスタヴスを育てたのだが儂の母だったのだが……。いかんせん厳格《げんかく》な人でしてな。気づけば、目下のものにすら敬語で話すような冷めた子供になって、今では反動のせいか、あの通り高圧的になって、誰も寄りつかんのです」

公爵は深い溜息《ためいき》を吐《つ》く。

「放っておけば、グスタヴスの代で、長く続いた我が家系は途絶えるでしょうな」

グスタヴスが、ティーナを妖精だと勘違いして話しかける際、敬語だったことが思い出される。もしかしたら、公爵の言うように、素の彼は丁寧《ていねい》な話し方なのだろうか。そして、接触恐怖症を隠すために、人が寄りつかないような高圧的な態度や物言いをしているのかもしれない。

「……差し出がましいようですが、……グスタヴス様は優しい方です。私が危ないところを助けてくださいました。それに、どれほど人が倦厭《けんえん》する物言いをされていらしても、心根の醜《みにく》い方よりは、ずっと素晴らしいと思います」

聞き捨てならずに、ついティーナが訂正すると、公爵は苦笑いしてみせる。

「あなたは、それほど息子を愛しておられるのか」

ティーナは恥ずかしさに真っ赤になってしまう。そんな彼女を見て、公爵は愉しげに声を立てて笑う。

そうして想像していたよりも和《なご》やかに食事が済むと、ティーナは公爵にお礼を言った。

「今日は、お話を聞かせていただけて嬉しかったです」

すると、グスタヴスの父は、ティーナの手をギュッと握る。

「またうちの邸に遊びに来てくださらんか。息子がどんな風にあなたを助けたのか、話を聞きたいものだ」

「ええ。機会があればぜひ、お話しさせてください」

顔を上げると、穏やかにこちらを見つめる公爵の眼差《まなざ》しに気づく。普段なら初対面の相手とは、まったく話ができないのだが、不思議と今は落ち着いた気分だった。

グスタヴスを助けたいと心から考えていたせいかもしれない。

「きっと近いうちに、あなたとはお会いできる気がしますぞ」

公爵はティーナのことを息子の好きな相手だと誤解しているから、そう声をかけてくれたのだろう。本当は、彼のことを一方的に想っている、迷惑な女でしかないのに。

ティーナは申し訳なさに、小さく息を吐いた。

＊＊　＊＊　＊＊

公爵との昼食を終えたティーナは、ジョシュア王子との約束通り、薔薇《ばら》の咲き乱れる中庭に向かった。だが、そこには誰の姿もない。お茶会で姉と会わせると約束してくれたのに、どうしてだろうか？　不思議に思いながら、先に進んで行く。

すると城の脇にある緑の芝生《しばふ》に、白い透かし彫りのテーブルが用意されていた。その上には、洋梨のかたちをした優美な銀のティーポット、三段のケーキトレイ、ティースプーン、ナイフ、フォークのセットなどが置かれている。ティーカップは白磁《はくじ》のものだ。

お茶菓子はパン・プディングにラズベリージャムとメレンゲを載《の》せて焼いたクイーン・オブ・プディング。ココアスポンジでたっぷりの生クリームとブラックベリーを巻いたロールケーキ。ドライフルーツをバターで炒《いた》めシナモンなどで風味づけしたものを詰《つ》めたパイ。スコーンの生地に林檎《りんご》をつめたアップルハット。グラスに色とりどりのフルーツやカスタードやスポンジなどを重ねたトライフル。ジャムやクロテッドクリームの添えられたスコーン、キュウリや香草などを挟んだサンドウィッチ。

おいしそうなものばかりが並んでいた。だが、昼食を摂《と》ったばかりのティーナは、あまり食べられそうにない。しかし、色とりどりのお菓子は眺《なが》めているだけでも、愉しい気分になる。

姉とジョシュアはまだ訪れる気配はなかった。ティーナは美しい薔薇たちに誘われるように、庭園を散策し始める。

「時間が早すぎたのかしら……」

確認したくても、ティーナは時計を持ち合わせていなかった。ここは街ではないため、時刻を報《しら》せる鐘《かね》も鳴らない。ジョシュアは政務や結婚準備に忙しいだろうし、面倒見《めんどうみ》のいい姉のことだ。きっと恋人を手伝っているに違いない。ひとりでおとなしく待っていようと考えていると、漆黒《しっこく》の衣装を身に纏《まと》った背の高い青年が、向かいから歩いてくる姿が見えた。

――グスタヴスだ。

ティーナは彼も呼ばれているなんて、聞いていなかった。もしも、前もってジョシュアが教えてくれていたら、もっとかわいらしい格好《かっこう》をして、凝《こ》った髪型をしたのに。それに、綺麗《きれい》にお化粧だってしていたかもしれない。だが、後悔しても遅い。とっさに薔薇の木に隠れる。だが、グスタヴスはティーナの傍《そば》で足をとめてしまう。

「……っ⁉」

ビクリと身体を引き攣《つ》らせると、無言のまま凝視される。ティーナはいたたまれなくて、眼を泳がせていたが、恐る恐るグスタヴスを見上げた。

「なにをしている。早く席に着け」

ぶっきらぼうに呟《つぶや》くと、グスタヴスは踵《きびす》を返して、テーブルに向かって歩き出す。

どうやらグスタヴスはティーナが来ることを知っていたらしい。それなのに、避けずにここに来てくれたのだ。

「は、はい……」

驚きながらも後に続くと、グスタヴスは椅子《いす》を引いて、座らせてくれた。そして慣れた手つきで紅茶を淹《い》れ始める。

「わ、……私が淹れます……」

料理全般が苦手なティーナだったが、お茶だけは比較的まともに淹れることができた。グスタヴスに給仕させるのは躊躇《ためら》われて、手伝いを申し出る。だが、すぐに却下《きやつか》されてしまう。

「座っていろ。……茶請けには、なにを食べる。好きなものを言え」

どれもおいしそうで、目移りしていると、グスタヴスは痺《しび》れを切らしたのか、勝手に皿に盛りつけようとした。

「ま、待ってくださいっ。すぐに選びますから……」

だが、焦《あせ》れば焦るほど、どれにしていいか解らない。優柔不断な娘だと呆《あき》れられてしまうと解っているのに、まだ選べずにいた。

「すべてサーヴしてやる」

「……いえ、……そんなに食べられません」

プルプルと頭を横に振ると、グスタヴスはふっと微《かす》かに笑ってみせた。

「……っ！」

トクリと胸が高鳴る。しかし、グスタヴスは一瞬にしてもとの仏頂面《ぶっちょうづら》に戻ってしまう。

「少しずつなら、問題ないだろう」

グスタヴスはティーナの皿に、驚くほど綺麗《きれい》にケーキを少しずつ盛りつけてくれる。まるで初めから、皿にこう盛りつけるために、お菓子の種類があるかのような美しさだ。

「ありがとうございます」

彼のセンスに感嘆しながら、ティーナは礼を言う。

「あなたに任せると、皿を引っ繰り返しそうだからな」

どうして解ったのだろうか？　ティーナは驚くほど料理が下手で、盛りつけも苦手だった。

なぜか芸術作品のオブジェみたいな色と形になってしまうのだ。どうやったら、こんな食べ物とは思えない配色になるのかと、驚かれるぐらいだ。

「……実はとても苦手で……」

真っ赤になって俯くと、グスタヴスは手際よく白磁のカップに琥珀《こはく》色の紅茶を注いだ。

「思った通りだな。ほら、遠慮なく飲め」

グスタヴスの部屋で、ミルクを飲ませてもらったことが思い出される。ティーナはますます真っ赤になってしまう。

「どうした?」

怪訝《けげん》そうに尋ねられ、ティーナはなんでもないと言葉にするかわりに、プルプルと首を横に振った。

「……そうしていると、まるで子供だな」

「わ、私は……子供では……」

ティーナは掠《かす》れた声で否定した。だが、グスタヴスからすれば、幼い子供同然なのかもしれない。そのことに泣きそうになる。

「あなたの気に障《さわ》ることを言ったなら謝ろう。そんな顔をするな」

急に暗く俯いたティーナを前に、グスタヴスは困惑《こんわく》している様子だ。

「菓子は好きなのだろう。好きなだけ食べろ」

「え……っ？」

どうしてそんなことを知っているのか……と、聞きかけて、ホテルに連れて行かれた朝のことを思い出す。甲斐甲斐《かいがい》しく給仕してくれたグスタヴスは、自《みずか》らお菓子を取ってくれた。

すでにティーナがお菓子を好きだと知っていて当然だ。

「食べないのか？」

「い、いいえ……」

ティーナはフォークとナイフで小さくココアスポンジのロールケーキを刻むと、小さな口に運んだ。少し苦みのあるスポンジにふんわりとした生クリーム、甘酸《あまず》っぱく煮《に》たダークチェリーが口のなかで混じり合う。さっぱりとしているが、甘さも申し分ない、とても美味《おい》しいケーキだ。

「……やはりあなたは、美味しそうに食べるな」

クスリと笑われ、羞恥《しゅうち》が限界に達してしまいそうになる。これ以上、長い時間をグスタヴスとふたりきりでいたら、心臓が壊れてしまいそうだった。

早く姉やジョシュアに来て欲しい。しかし、辺りを見渡すが、誰もここに来る気配はない。

ティーナは、お菓子を食べながら、グスタヴスを窺《うかが》う。

彼は優雅な手つきで、大胆な量のお菓子を食べていた。ひとり暮らしなのに、あれほど甘いものが部屋にあったのだ。彼は甘党なのかもしれない。その上、こんなにも均整の取れたスタイルをしているなんて、羨《うらや》ましい限りだ。

「なにを見ている」

「い、いえ……」

慌てて眼を逸《そ》らすが、顔が熱くなっているのを鎮めることはできなかった。

ティーナはスコーンを割って、小さくすることで、気まずさをやり過ごそうとした。だが、ふいにドレスにジャムを引っ繰り返してしまう。

「あ……っ」

思わず慌てて椅子から立ちあがる。すると、今度はグスタヴスがせっかく淹れてくれた紅茶をスカートに零《こぼ》してしまう。

「……熱っ……」

パニエやドロワーズを履《は》いているため、下肢《かし》には直接かからなかった。だが、飛沫《しぶき》が腕に跳《は》ねる。ティーナはあまりの熱さに悲痛な声を上げた。

「ティーナッ」

すると、グスタヴスは素早く水差しを摑《つか》んで、紅茶のかかってしまった場所に一気に水をかけた。その瞬間、熱さはやわらいだ。

「……っ」

グスタヴスの咄嗟《とっさ》の行動で、大事には至《いた》らなかった。だが、ドレスがぐっしょりと濡《ぬ》れて、身体に張りついてしまっていた。

「……あ……」

まるで濡れ鼠《ねずみ》だ。グスタヴスもそう思っているのか、申し訳なさそうな顔をしている。

「すまない。あなたが火傷《やけど》をすると思って慌てた」

上着を脱いだグスタヴスは、他の者の視線から隠すように、ティーナの身体をそれで包みこんだ。そして、ティーナを抱き上げると、有無を言わさずに城の中に促《うなが》す。

「……あ、あの……。大丈夫ですから……」

グスタヴスがとっさに水をかけてくれたため、大事には至らなかった。そう訴《うった》えても、彼はティーナを放そうとしない。グスタヴスは接触恐怖症ではないのだろうか？　布越しとはいえ、人を抱き上げても平気なのだろうか？　しかも、まるで幼い子供を運んでいるかのように軽々と急いでいる。彼は鍛《きた》えられた身体をしているらしい。

「……グスタヴス様の上着が……、濡れてしまいます」

ティーナは身体の揺れに、舌を噛《か》みそうになりながら訴えた。

「いいからおとなしくしろ」

グスタヴスに鋭く言い返され、ティーナは黙り込むしかなかった。

第四章　不埒で強引な求愛

　エーレンフェル城の医務室は、兵士たちの訓練場の横に併設《へいせつ》されている。グスタヴスはそこにティーナを連れて行くと、医師を急《せ》き立てた。

「湯を被《かぶ》った。見てやってくれ」

　悪名高いグスタヴスが、女を抱えてやって来たあげくに、心配そうにしているためか、医師や医官は呆気《あっけ》に取られている。

「早くしろ！」

　グスタヴスは、口を開いてボンヤリとしていた彼らを叱責《しっせき》する。

「は、はいっ！」

　そして、医師はティーナを椅子《いす》に座らせて、診察してくれる。

「女性は重ね着されていますから、湯は直接触れていなかったようです。……腕が少しだけ赤くなっていますが、すぐに治ると思います。薬を処方しておきましょう」

熱い湯が染み込む前に、グスタヴスが水をかけてくれたお陰《かげ》で大事には至《いた》らなかったらしい。

「痕《あと》が残るようなことにはならないか？」

グスタヴスは少しだけ赤くなっているティーナの腕をじっと見つめる。

「大丈夫ですよ。熱湯がかかったわけでもなさそうですし」

医師が念を押すと、グスタヴスはやっと納得したのか微《かす》かに頷《うなず》いた。確かにティーナにかかったのは、紅茶だ。

茶葉を蒸《む》らす時間もあるし、カップに注ぐ頃には、沸騰《ふっとう》していた頃よりは、だいぶ温度もさがっている。それが解《わか》っていても、グスタヴスはティーナの身体《からだ》を気にかけてくれたのだろう。

グスタヴスにはいつも助けられている。失敗の多いティーナは、彼に迷惑をかけてばかりだ。

「……ご心配かけてしまって、すみませんでした。……グスタヴス様。本当にありがとうございました」

ティーナは申し訳なさに、項垂《うなだ》れながらお礼を言う。

「気にするな。大した手間ではない」

グスタヴスは、医師の手で薬を塗《ぬ》られているティーナを、食い入るように見つめていた。

どうしてグスタヴスは、そんなにも強い視線で見てくるのかティーナにはさっぱり解らない。

落ち着かない気分のまま、気がつけば治療は終わっていた。

「行くぞ」

当然のようにグスタヴスは、ふたたびティーナを抱き上げる。

「だ、大丈夫ですので……、おろしてくださいっ」

ティーナがいくら訴《うった》えても、グスタヴスはやはり聞きいれようとしない。そうして、グスタヴスはティーナを馬車に乗せて、自分が住まいにしているホテルへ連れて行った。

「邸《やしき》に送ってくだされば……」

「ずぶ濡《ぬ》れのまま帰宅すれば、家族が心配するだろう」

素っ気なく言い放たれる。

「……で、でも……。お城には私の姉がいましたから……」

「あなたの姉上は取り込み中だった。階上を見上げなかったのか」

取り込み中とはどういう意味なのだろうか？　首を傾《かし》げると、グスタヴスは深く溜息《ためいき》を吐《つ》く。

「気づいていなかったのならいい。あなたは、あの男のせいで、姉上に会うことは叶《かな》わなかったことだけ理解しておけ」

意味深な言葉を呟《つぶや》くと、グスタヴスはティーナを抱いて、ホテルのロビーに足を踏み入れる。

前回は深夜だったが、今は昼間だ。多くの人が行き交っている。

ほとんどの人が、呆然《ぼうぜん》としてこちらを見つめていた。

ティーナは皆の顔を見返せなくて、グスタヴスの胸に顔を埋めた。

そうして、部屋に辿《たど》り着くと、いきなり寝室に連れて行かれる。

「え……っ⁉」

思わずティーナは身体が強張《こわば》る。だが、グスタヴスはその奥にある浴室へとティーナを押し込んだ。

「どうかしたのか？　汚れたドレスを着替えろ」

どうやら、疚《やま》しい考えを一瞬でも抱いたのは、ティーナだけだったらしい。自分の淫《みだ》らさに顔が熱くなってしまう。

「先に。風呂で温《あたた》まって来い」

グスタヴスはティーナの肩にかけていた自分の上着を取り上げた。だが、予想していた通りぐっしょりと濡れてしまっていた。

「……グスタヴス様……、ごめんなさい……。私が気をつけていなかったせいで……」

ティーナがオロオロとしていると、グスタヴスは素っ気なく言った。

「気にするな。服ぐらい乾かせばいい。そんなことより、あなたは自分の身体を気遣《きづか》え」

浴室に促《うなが》され、濡れたドレスを脱ぐ。壁の向こうにグスタヴスがいると思っただけで、コルセットの紐《ひも》を解《ほど》く指に緊張が走ってしまう。震える手で懸命《けんめい》に紐を解いていると、隣の部屋からグスタヴスの声が聞こえてくる。

「患部には湯を当てるな。解ったか？」

やはりグスタヴスは優しい。ティーナは嬉《うれ》しさに胸が熱くなった。

「……はい……」

ティーナは浴室を使い、濡れそぼったせいで、冷えきっていた身体を温める。

そして、バスローブを羽織《はお》ったとき——。

エーレンフェル城でジョシュアに手渡された、ルビー色の液体が入った小瓶《こびん》のことを思い出す。ジョシュアはグスタヴスを前に勇気がでなかったら飲めばいいと言って手渡したのだ。確か、グスタヴスを前に、勇気を振り絞《しぼ》れなかったらときの場合の、心の栄養剤だと言っていた。

いちどだけ魔法が使えるらしい。だが、いちどしか利《き》かないなら、まだ使うべきではない。勇気がなくて薬に頼るのは、人に寄りかかるのと同じことだ。そう自分に言い聞かせる。

ティーナは浴室を出ると、隣の部屋に向かった。するとそこには、不機嫌な表情でベッドに座っているグスタヴスの姿があった。

「階下のブティックに代わりのドレスを用意させた。これを着て邸に戻れ。迎えが遅くなるようなら、馬車を呼んでやる。私はあなたが帰るまで出かけてくる」

ティーナを避けるように、グスタヴスはふいっと顔を逸《そ》らして、ベッドから立ち上がる。

「着替えが終わるまで、内鍵は決して開けるんじゃない。あと、ロビーで変な男に声をかけられても、立ち止まらずに急いで去れ。いいな」

去ろうとするグスタヴスの袖《そで》を引いて、ティーナは彼を引き留めようとした。

「……ま、待ってください……」

「放せ」

だが、後退《あとずさ》るようにして振り払われてしまう。

「あ……」

グスタヴスは人に触れられることを、嫌悪《けんお》していたことを遅れて思い出す。先ほどはティーナが火傷《やけど》を負っていると思っていたから、我慢して運んでくれただけなのだろう。

ティーナが暗い表情で俯《うつむ》くと、彼は小さく溜息を吐く。

「なにか私に用なのか。端的に話せ」

グスタヴスと話す時間がもらえたのだと気づき、ティーナは顔を上げる。

「あ、あの……っ」

だが、緊張のあまり言葉が詰まってしまう。

「ここで待っていろ」

グスタヴスはそう言って、ティーナをベッドに座らせると、水を注いで手渡してくれる。

「落ち着け。私は怒ってなどいない」

グスタヴスは気遣《きづか》ってくれている。だが、ティーナが今から話すことを聞けば、彼はきっと怒るに違いない。

「わ、私、……グスタヴス様のお父様とお話ししていただきました……」

ティーナの言葉を聞いたグスタヴスは、眉根を寄せる。やはり裏で自分の父と勝手に話すような真似をされて怒ったのかもしれない。

「……あの男と？　まさか無理強《むりじ》いされたのではないだろうな」

だが、グスタヴスが尋ねたのは、思いもかけない言葉だった。

「ち、違います……っ。無理強いなんて……」

滅相《めっそう》もないと、首を振ると、グスタヴスはホッと息を吐く。

「それならいい。……どうして関わり合いのないあなたが、あの男を呼び出せたんだ。まさかジョシュアか？」

確かにグスタヴスの父と話をする機会をくれたのは、ジョシュアだった。

「は、はい……」

ティーナは正直に頷《うなず》く。

「あの男……、余計な真似を。……あなたに、なにかあったらどうするつもりだ」

グスタヴスは自分の父を、まるで飢《う》えた野獣《やじゅう》かなにかのように評価しているらしい。これも幼少期に父が愛人を邸に連れ込んでいる姿を見ていたせいなのだろうか。

「お父様は、グスタヴス様のことを心配なさっていました」

グスタヴスは、自嘲《じちょう》気味に笑う。そして、吐き捨てるように尋ねた。

「あの男が？」

「ジョシュア様から、グスタヴス様が人に触ることができないことをお聞きになったのでしょう」

「……ち……っ」

それから、ティーナはグスタヴスの父に聞いた話を、精一杯彼に伝えた。グスタヴスの父が、流行病《はやりやまい》にかかり子種がなくなってしまったこと。そのせいで、母が姑《しゅうとめ》に虐《しいた》げられ、夫婦仲まで拗《こじ》れてしまったこと。そして、今は、無事に誤解がとけて、仲直りしていることを。

「ご両親はグスタヴス様が人に触れられないのは、自分たちのせいだと、思い悩んでいらっしゃるようです」

苦しげに、グスタヴスのことを教えてくれた彼の父を思い出すと、ティーナは泣きそうになってしまう。グスタヴスの両親は、困難に立ち向かうのではなく、逃げ出してしまったことから、重大な過《あやま》ちを犯してしまった。その結果、大切な自分の子供を傷つけたのだ。悔《く》やんでも悔やみきれないでいるだろう。

グスタヴスは大人になった今も、両親にもらったぬいぐるみを大切にしている。押さえ込んでいるだけで愛情がなくなったわけではないに違いない。そのことをグスタヴスに自覚して欲しかった。

「違う。私は、触れられないのではない。触れたくないだけだ」

苛立《いらだ》ったように言い返したグスタヴスが、ティーナから顔を逸《そ》らす。

「……そんなことをおっしゃらないで、一緒に治していきませんか？」

グスタヴスの顔の向きに合わせて回り込んだティーナは、じっと彼を見上げる。

「お節介はやめろ。あなたには関係のないことだ」

だが、グスタヴスは反対側に顔を背《そむ》けてしまう。

「ごめんなさい……。で、でも……、急がないと……もしも、お父様と同じ病気にかかってしまったら……」

ティーナが気がかりなのは、そのことだ。グスタヴスの子種がなくなってしまったら、公爵《こうしゃく》家の血は途絶えてしまう。

「そんなことが早々起こるか。あなたは跡継ぎが欲しい私の父に、思い込まされただけだ。なんの心配もいらない」

グスタヴスの父が嘘《うそ》をついているようには見えなかった。彼は大丈夫だと思い込んでいるだけなのではないだろうか。

「話はそれだけか？　ここにいると、頭が沸騰《ふっとう》しそうだ」

部屋を出ようとするグスタヴスに、ティーナは懸命に縋《すが》りついた。

「……待ってください……！」

すると、彼は怯《おび》えた様子で、ベッドのほうに後退る。

「来るな！」

冷たく言い放たれ、ティーナは泣きそうに顔を歪《ゆが》める。あんなに優しく触れてくれたのに。人間だったのなら、妻にしたいと言ってくれたはずなのに。

ティーナでは、だめなのだろうか。グスタヴスの助けにはならないのだろうか。

「私の肌を、……お触りになられたこと、お忘れですか？」

しゃくり上げそうになりながら尋ねる。グスタヴスは無表情だった相好《そうごう》を崩《くず》して、真っ赤になる。

「忘れろっ」

そうして、彼はジリジリと、もう一歩後退る。

「忘れません」

ティーナは自棄《やけ》になって言い返す。

「……いいから、忘れろと言っている……。……なっ⁉」

ベッドまで追い詰められたグスタヴスは、動揺していたせいか、後ろに倒れてしまう。

その隙《すき》に、ティーナは彼に覆《おお》い被《かぶ》さる格好《かっこう》で、両脇に手をつく。

「な、なんのつもりだ……」

グスタヴスは微《かす》かに声を震わせていた。

完全に硬直してしまっているグスタヴスに、ティーナはゆっくりとのしかかると、甘い声音《こわね》で囁《ささや》いた。

「……手袋を取ってください」

ティーナは彼の手を摑んで、固く強張《こわば》った指を解こうとする。だが、グスタヴスはその手を振り払おうとした。

「なにを……」

だが、力が籠《こ》もっていない。その上、微かに震えている。

「ごめんなさい。……荒療治になってしまいますが……」

ティーナは髪を結んでいたリボンを解いて、グスタヴスの手をベッドの柵《さく》に括《くく》りつける。

「……っ？　やめろっ。なにをする気だ」

ティーナは彼の身体をベッドに引き摺《ず》り上げて、もう片方の手も括りつけようとした。

「触るなっ」

だが、さすがにグスタヴスは抵抗を始め、ギュッとリネンを握ることで、留めようとする。

「ひどいことなんて、しませんから……。お願いします」

ティーナはリネンを摑んでいるグスタヴスの握り拳《こぶし》に、柔らかな唇《くちびる》を押し当てた。

「な……、なにを……っ」

すると、狼狽《ろうばい》したグスタヴスの手から、途端に力が抜けていく。

「……ありがとうございます」

その隙をついて、グスタヴスのもう片方の手もリボンで、ベッドの柵に括りつけてしまう。

両手をベッドの柵に縛られ、まるで拉致監禁《らちかんきん》されてしまったかのような姿になったグスタヴスを、ティーナは申し訳ない気持ちで見下ろした。

「グスタヴス様は、ちゃんと人に触《ふ》れられます。思い出してください！　そうでないと……、一生誰にも触《さわ》れないままになるかもしれません」

懸命に訴える。だが、グスタヴスは取り合おうとしない。

「落ち着け、ティーナ。そんなことはどうでもいい」

ティーナからすれば、落ち着いていないのはグスタヴスのほうだ。彼は青ざめた表情でこちらを見つめている。

緊張に息がとまりそうだった。

「どうでもよくありませんっ。わ、私……は、グスタヴス様のお嫁さんに……なりたいんです……っ。……だ、だめでしたら……、赤ちゃん……だけでも、……授けて……ください……」

ティーナは、世界中の誰よりもグスタヴスの子供が欲しかった。どうでもよくなんてない。

「あなたは……、なにを……」

グスタヴスは呆然とティーナを見上げる。

「……グスタヴス様は、ちゃんと人に触れられることを、教えて差し上げます……。だから、今は堪《こら》えてください」

ベッドの上で拘束《こうそく》したグスタヴスに跨《また》がる。そして、ティーナはバスローブの紐を解いた。

コルセットはつけていない。ティーナの豊満な胸の膨《ふく》らみが露《あらわ》になる。羞恥《しゅうち》に頬《ほお》を染めながら、ティーナはじっとグスタヴスを見つめた。

「なんのつもりだ？　……いいかげんにしないか」

グスタヴスは麗《うるわ》しい面差《おもざ》しを曇《くも》らせ、低く唸《うな》るような声で叱責《しっせき》してくる。

こんな真似《まね》をしてグスタヴスに嫌われるのは怖い。今すぐにも逃げ出したい。だが、ここまできたら引き返せるわけがなかった。ティーナはコクリと息を飲む。

接触恐怖症を患《わずら》っているのに、強引にティーナに触れられているせいか、グスタヴスは苦しげに息を乱していた。その上下する喉《のど》すら、ひどく色気を感じさせる。

「綺麗《きれい》……」

興奮に心臓が高鳴る。今すぐ、彼の唇を奪ってしまいたい。淫《みだ》らな欲望を懸命に抑《おさ》えた。

グスタヴスは今にもティーナを射殺《いころ》しそうな眼差しを向けてくる。

「今すぐにこれを解くんだ。そうすれば、怒らないと約束してやろう」

尊大な態度で窘《たしな》められる。だが、ティーナが拘束をほどけば、きっと、グスタヴスは怒りを露にするに決まっている。

もう、あとには引けない。今しかない。他に方法はないのだ。

それに、グスタヴスに、ちゃんと人を触れられることに気づいて欲しかった。ティーナのことを妖精だと勘違いしていたときには、あんなに熱く激しく身体に触れてくれたのだ。

人の肌が恐ろしいなんて、すべて思い込みだ。

ティーナは無言のままグスタヴスに手を伸ばし、ウェストコートのボタンを外していく。

「やめろと言っている！」

激高《げっこう》した声で怒鳴りつけられた。だが、やめるつもりはない。たとえ嫌われてもいいから、彼に治って欲しかった。そして、できることなら、グスタヴスの心は手に入らなくても、せめて、彼の子供が欲しかった。一生誰にも父親の名を告げず、どんなに苦労してでも、自分ひとりの手で育てても構わないと切望するほどに。

「……ご……、ごめんなさい」

強引な真似をする申し訳なさから、ティーナは消え入りそうな声で謝罪した。

「謝らなくていい。だから、このリボンを解け」

グスタヴスは身を捩《よじ》って、拘束から逃れようとしていた。縛《しば》られた上に、身体を貪《むさぼ》られそうになっているのだ。おとなしくできないのは、当然だろう。

「め、……目を瞑《つむ》っていてください。その間に終わらせますから。……わ、私、グスタヴス様が、人に触れられることを証明します……」

一方的な宣言に驚愕《きょうがく》するグスタヴスの頬に、ティーナは両手を添えた。そして、自分の顔を近づける。

「……ティーナ……？」

グスタヴスの濃い琥珀《こはく》色の瞳が、ティーナを見つめていた。美しい輝きに魅《み》せられて、眼が離せない。逃げることもできずに、ただ眼を瞠《みは》ったグスタヴスの唇に、ティーナは自分のそれを重ねる。

「ん……っ」

胸が歓喜《かんき》に震えた。

――グスタヴスに触れられた日から、ずっと、こうしたかったのだ。

触れた場所から、ジンとした疼《うず》きが走るようで、ティーナは陶酔《とうすい》のまま、グスタヴスを見つめる。彼はティーナの顔を見つめたまま、呆然としていた。

「ん、んぅ……っ」

角度を変えて、官能的な彼の唇を、ふたたび塞いだ。

「……き、……気持ち……悪いですか……」

少しだけ唇を離し、ティーナは泣きそうになりながらも、震える声で尋ねる。グスタヴスは気まずそうに眼を逸らしながらも拒絶はしなかった。

「いや……。そんなことは……」

それだけで充分だった。

グスタヴスの耳朶《じだ》、顎《あご》、頬に、ティーナは口づけを繰り返す。そして、思いの丈《たけ》を告白した。

「愛してます……。ずっとあなたをお慕《した》いしていました」

グスタヴスは、驚愕に瞼《まぶた》を開き、信じられないものを見るような眼差しを向けてくる。

「……以前、見知らぬ人に乱暴されそうになっていたのを、グスタヴス様に助けていただいたときから、ずっとです……」

愛《いと》おしい想いを込めて囁くと、ティーナは彼の唇に深く口づける。

「んんっ……」

大きな胸の膨らみを押しつける格好で、グスタヴスにのしかかった。そして、小さな舌を懸命に伸ばして、彼の口腔《こうこう》を探り始めた。

「……ふ……っ、ん……っ」

熱い舌《した》が擦れ合う。ぬるぬるとした感触に、身震いを覚える。グスタヴスは顔を背《そむ》けなかった。そのことを免罪符《めんざいふ》にして、ティーナはさらに深く舌を絡《から》めていく。

「こ……ら……っ」

だが、執拗《しつよう》な口づけに呆《あき》れたのか、唇の隙間からグスタヴスが窘《たしな》める。それでも、ティーナは口づけをやめなかった。声を漏らす隙《すき》もないほど強く、彼の唇を塞いで、艶《なま》めかしい感触を夢中になって貪った。

「んく……、んんぅ……」

チュクチュクと淫らな水音が響く。鼻先から洩《も》れる熱い息に、いっそう欲望が煽《あお》られていた。

抵抗できないグスタヴスの口腔を、舌先で嬲《なぶ》り続ける。

溢《あふ》れる唾液《だえき》を啜《すす》り、舌だけではなく、歯列、歯茎《はぐき》、頬の裏、口蓋《こうがい》、舌の裏、すべてを擦りつけていく。ヌルついた感触にいっそう昂《たか》ぶる。もっと深くまで彼の唇を奪いたかった。

自分の、小さな舌がもどかしい。

「はぁ……、はぁ……。……グスタヴス様……」

恍惚《こうこつ》とした表情で、彼を見下ろす。すると、グスタヴスも肌を上気させて、苦しげに喘《あえ》いでいた。もっと、グスタヴスの乱れた姿が見たい。

ティーナは情欲に火を灯《とも》されたように、夢中になって彼の首筋を吸い上げていく。

滑らかな感触に、いっそう熱が迫り上がる。

「……は……ぁ……ティーナ。……い、悪戯《いたずら》は……よせ。……気が済んだなら、もう……」

リネンの上で、グスタヴスが身を捩る。だが、彼の腕はリボンで固く拘束されていた。

逃げることはできない。

「……気なんて、……す、済んでませんっ。……わ、私は、グスタヴス様に子種を注いでいただくまで、やめませんから」

ガタガタと震えながらもティーナは訴える。

「……な、なにを……バカなことを言っている……」

ティーナは控《ひか》えめでおとなしい性格をしていた。人に逆らうことも、無理強いすることにも慣れていない。ここまでの暴挙《ぼうきょ》も、生まれて初めてだった。

「私は、……ほ、……本気ですっ」

グスタヴスが子種をなくしてもいいと思っているのなら、ティーナにぜんぶ注いで欲しかった。いらないなら、捨てるなら、この世でいちばん、欲している自分に与えて欲しい。

「……わ、私のなかに、出して……いただきますから……っ」

ティーナはグスタヴスの羽織《はお》っているシャツのボタンを外した。すると、彼の筋肉質な肢体《したい》が露《あらわ》になる。これほど、鍛えられた肉体をしているのならば、ティーナを楽々と運べるのも頷けた。

「……すごい……」

思わず感嘆の声を上げる。ティーナは華奢《きやしや》な指先で、グスタヴスの肌を辿《たど》った。触れるか触れないかの指の動きに、彼の肌が総毛立つ。そのまま乳輪に触れると、小さな肉粒《にくつぶ》が、勃《た》ち上がった。

「……あ……、はぁ……、……やめろ……っ」

官能を揺さ振るようなグスタヴスの艶《つや》めいた呻《うめ》きが耳に届き、ティーナはいっそう身体を熱くしてしまう。

「……グスタヴス様も、……ここ、感じるのですね」

乳輪の形を辿るように指で、弧《こ》を描く。すると、グスタヴスはブルブルと体を震わせる。

「気持ちいいですか……」

彼の身体に顔を寄せて、陰影《いんえい》のある胸元に唇を這《は》わせる。しっとりと汗ばんだ体は熱く震えていた。ティーナはくるおしい手つきで、隅々《すみずみ》にまで指を這わして、ついには彼の胸の突起を吸い上げ始める。

「やめろと……っ、ティーナ……く……っ、はぁ……」

口腔のヌルついた感触に、グスタヴスは胴震いしながら息を乱す。苦しげに首を横に振る姿が、あまりに悩ましくて、ティーナは夢中になって、彼の乳首に舌を這わした。

身悶《みもだ》える彼を窺い、舌先に触れる感触を味わいながら、なんどもなんども舌を上下に動かす。

「はぁ……、あなたはいつも、こんなことを男にしているのか」

グスタヴスは侮蔑《ぶべつ》の眼差しをティーナに向けてくる。

「ち、違います……。わ、私はグスタヴス様にしか……。……ふ、触れていただいたことも、こんなことをするのも初めてです……」

すると、グスタヴスから険《けわ》しさが揺らいだ気がした。

誰でもいいわけではない。ティーナはグスタヴスでなければ、触れたいとも思わない。こんなことをしてしまったのも、すべて彼への想いが昂《たか》ぶりすぎたせいだ。

「……このまま、……私をどうする気だ……」

グスタヴスはティーナのことを、訝《いぶか》しげに見つめている。

「……グスタヴス様のすべてに、……触りたいです。私……」

ティーナは身体をずらして、彼のベルトのバックルを外し、トラウザーズのホックを外し始めた。グスタヴスはさすがに、狼狽《ろうばい》し始める。

「ティーナっ。あなたは、なにをしているのか解っているのか！」

グスタヴスに触れられたこと以外は、なんの経験もないティーナだったが、今さら引き返せない。

「わ、解っていますっ。ごめんなさい。私、初めてなので、うまくできるか解りませんが……精一杯頑張《がんば》ります……」

舞踏会で、貴族の夫人たちが、お互いの持つ性技について、ヒソヒソと話し合っているのも耳にしていた。できるかは解らないが、本気で立ち向かえば、なんとかなる気がする。

「頑張らなくていいっ」

グスタヴスはティーナを叱責する。しかし、トラウザーズから引き摺りだした肉棒《にくぼう》は、半勃《はんだ》ちしていた。ティーナの拙《つたな》い愛撫《あいぶ》に反応してくれたのだ。

「……あ、あの……、失礼します……」

白いバスローブを肩から落として、ティーナは生まれたままの姿になる。透けるように白い肌を前に、グスタヴスは息を飲んだ。

「……舞踏会で、ご夫人たちに……男の方にはこうして、ご奉仕するのだと伺いました」

ティーナは恥ずかしさを堪《こら》え、グスタヴスの下肢に胸を押しつけた。そして、柔らかな膨《ふく》らみで、肉棒を包みこむ。

「……こんなことをあなたに教えた奴《やつ》を、あとで仕置きしてやる」

忌々《いまいま》しげに呟くが、膨らみに擦りつけられた肉茎《にくけい》は、固くそそり勃つ。胸に当たる熱い感触に、ティーナの心臓は壊れそうに高鳴っていた。これが、グスタヴスの欲望なのだと思うと、もっと気持ちよくなって欲しくて、堪《たま》らなくなる。

「あ、でも……大きく……」

ティーナは胸の谷間の間から覗く亀頭をじっと眺《なが》めていた。

「なんだかヒクヒクしていて、かわいいです」

透明な先走りを滲《にじ》ませながら、ヒクついた鈴口《すずぐち》の動きが、まるで餌《えさ》を強請《ねだ》る雛《ひな》のようで、ひどく愛らしく見える。淫らな欲求に昂ぶり過ぎて、理性が霞《かすみ》がかっているせいかもしれない。

「男の性器を、かわいいと言うな。……私を不能にする気か……」

ムッとした様子のグスタヴスを前に、どうして怒っているのか解らず、ティーナは首を傾げた。行為が足りないのだろうか。

そういえば、このまま肉棒を舐《な》めるのだと聞いた気がする。

「……あ、あの……、失礼します……」

チュッと口づけると、グスタヴスは驚愕の眼差しを向けてきた。

「な……っ⁉」

ティーナは舌を伸ばして、夫人たちに聞いた通りに、肉竿《にくざお》を舐めおろしたり、亀頭《きとう》のしたを擽《くすぐ》ったりする行為を繰り返す。

「ティーナッ、やめろっ」

舞踏会で淫らな話を聞いていたときは、赤くなったり青くなったりしていた。そんなティーナを面白《おもしろ》がった夫人たちは、さらに卑猥《ひわい》な情交を教えてくれたのだ。

自分には無理だと思っていた。だが、実際グスタヴスを前にすると、愛おしさが胸の奥から溢れてきて、どんなことでもできる気がしてくる。

「ん……ぁ……」

そうして、なんども舌で肉棒を舐めていたティーナは、陶然《とうぜん》とした表情で赤い唇を開き、深く咥《くわ》え込む。グスタヴスは逃げるように腰を引かせようとした。だが、ティーナが強く吸い上げると、熱い吐息を漏らす。

「……あ……く……っ、んん……。もう……よせ……っ」

溢れる唾液を纏《まと》わせるようにして、肉棒をグチュグチュと上下に扱《しご》き上げる。脈動が伝わってきて、いっそうティーナは震えてしまう。もっと、深くまで咥え込みたかった。

もっと隅々まで、舌を這わしたい。

「……な、……なんだか不思議な味……。……グスタヴス様の匂いがします……んんっ……」

舌の上に広がる先走りの味と匂いを伝えると、グスタヴスは悔《くや》しげに顔を歪《ゆが》める。

「……もう……、やめろ、これを解け」

グスタヴスの掠《かす》れた声が色っぽくて、ゾクゾクしてしまう。もっとその声を聞くにはどうしたらいいのだろうか？

「……いや、です……。ごめんなさい……」

ティーナは口腔の粘膜《ねんまく》でグスタヴスの熱い肉茎を包み込み、吸い上げたり扱いたりする行為を繰り返す。亀頭裏が舌を擦りつける感触にすら、身震いが走った。

堪らないほど、夢中になってしまう。

「は……、あぁ……っ、も……、やめ……っ」

グスタヴスがブルリと体を震わせる。喜悦《きえつ》に火照《ほて》った彼の肌は、男らしい汗の匂いがした。まるで蜜《みつ》に誘われる蝶《ちょう》のように、ティーナは顔を上げる。そして、肉棒を手放し、彼の胸に顔を埋めた。ねっとりと舌を這わせると、グスタヴスは苦しげに喘《あえ》ぐ。

「頼むから……、もう……」

ドクドクと脈打つ肉棒がティーナの下肢《かし》に触れていた。

「グスタヴス様……」

話に聞いて要領は解っているつもりだが、ティーナは実践《じっせん》するのは初めてだ。

「えと、どうすれば……、……こ、こうですか……？」

戸惑いながらもティーナは腰を上げて、下肢の窄《すぼ》まりを固い切っ先に押しつける。

「……お、……おい……、それは尻《しり》の孔《あな》だ」

グスタヴスが焦《あせ》ったように注意する。ティーナは真っ赤になって、腰を動かした。

「すみません……。……こ、こっち、……ですね」

本当に挿《はい》るのだろうか。こんなに太く長い肉棒が。

でも夫人たちは、こうして男を悦《よろこ》ばせるのだと言っていた。間違いはないはずだ。

亀頭の先端を蜜口《みつくち》に押しつけ、腰を下ろそうとした。だが、強張《こわば》った身体がそれ以上、雄《おす》を受け入れようとはしない。

「慣らしもせずに挿《い》れるつもりか？　あなたは初めてなのだろう」

呆れたように告げられるが、ティーナは首を傾げるしかない。ただ無我夢中で、腰を押し進めようとした。

「慣らす？　……ん、んっ……入らな……」

グスタヴスに子種を注いでもらうつもりだった。それなのに、これでは目的が達せられない。

「……あ、あぁ……っ、い、痛いです……」

無理やりねじ込もうとするが、裂《さ》けそうに痛む。これ以上、腰を落とせない。

瞳を潤ませながら、グスタヴスをじっと見つめると、彼は苦笑する。

「……当たり前だ。もう諦《あきら》めろ。……ほら、これで遊んでやる」

「え……っ!?　あ……っ」

グスタヴスはゆるゆると腰を揺らし始めた。すると湿った秘裂《ひれつ》の間を、固く膨《ふく》れ上がった肉棒を擦りつけられ始める。

「あ、あぁっん……っ」

ふっくらと膨れた花芯《かしん》が、肉びらごと擦りつけられていく。熱く膨張《ぼうちょう》した肉棒が、グリグリと抉《えぐ》る感触に、ティーナはビクビクと身体を引き攣《つ》らせた。

透けるように白い素肌を、艶めかしく揺らしながら、ティーナは咽頭《いんとう》を震わせる。

「……く……んんぅ……」

グスタヴスの雄と、ティーナの蜜孔《みつあな》がなんどもなんども擦れ合う。湧き上がる愉悦《ゆえつ》に、豊かな胸を揺らしながら、激しく身悶《みもだ》えた。

「……はぁ……、あ、あぁ……っ」

華奢《きやしゃ》な身体をビクビクと跳ねさせるティーナを、グスタヴスは薄く笑って見上げていた。

「満足したなら、もう無謀な真似はよせ」

グスタヴスの性器を擦りつけられるのは、堪らないほど気持ちいい。だが、ティーナの目的は快感を得ることではない。

いつ消えるかも解らないグスタヴスの子種をもらうことだ。本人がいらないと言っているものなのだから、ティーナが手に入れてもいいはずだ。

「……い、いや……、いやです……」

ティーナはブルブルと頭を振って、訴える。

「グスタヴス様の、……これを……挿れていただくまでは……、わ、私……」

確か彼は、慣らすものだと言っていた。これほど太い肉棒を狭い場所に挿れるのだから、拡《ひろ》げればいいのだろうか。

ティーナはグスタヴスに覆い被さるようにして、彼の脇に腕をつく。そして、自らの指を下肢に這わせ、じっとりと濡れた蜜口に押し込んだ。

「……ん、んぅ……っ」

グスタヴスの均整のとれた身体に、ティーナは額《ひたい》を擦りつけ、苦しげに喘ぐ。

「はぁ……、あ、あぁ……、く……っ、んんぅ……！」

身体を引き攣《つ》らせるティーナを、グスタヴスは訝《いぶか》しげに見つめる。

「なにをしている……」

クチュクチュという卑猥《ひわい》な粘着質の水音が微《かす》かに部屋に響く。そこで初めてグスタヴスは、ティーナが自分の膣孔《ちつこう》を慣らしていることに気づいたらしかった。

「はぁ……っ、はぁ……」

熱い吐息を漏らして喘ぐティーナを、グスタヴスは窘める。

「いい加減に、諦めろ」

だが、ティーナはブルブルと顔を横に振った。

「……や……っ、いやです……」

グスタヴスの大きな肉棒を受け入れられるほど、狭い肉道《にくどう》を指でこじ開けるには、どれぐらい開かなければならないだろうか。

指を二本にして恐る恐る掻《か》き回すと、ビクンと身体が引き攣る。

「……はぁ……、はぁ……っ」

もっと大きく開かなければ。

指を三本に増やすと、痛くて奥に指を押し込めない。

「ん、んぅ……っ」

涙目になって仰《の》け反《ぞ》ると、グスタヴスはふたたび言った。

「諦めろ。……指で傷をつけてないか見てやるから、このリボンを解け」

「だめ、だめです……っ」

溢れる蜜を潤滑剤《じゅんかつざい》にクチュクチュと指を掻き回し、ティーナは痛みに瞳を濡らす。そして、ついにグスタヴスの滾《たぎ》りを、自分の蜜孔に押し当てた。

「やめろ……っ！　く、……んんぅ……っ」

熱く濡れそぼった膣肉《ちつにく》が、グスタヴスの屹立《きつりつ》を強く咥え込む。

「……んんぅ……、あ、ぁ……っ」

指が届いていた場所よりももっと深くまで、熱い固まりが押し込まれていく。

「ひ……いっん！」

引き伸ばされた襞《ひだ》が、激しい疼痛《とうつう》を走らせ、ティーナはしゃくり上げてしまう。

破瓜《はか》の痛みに萎縮《いしゅく》した身体がブルブル震える。

「……ふ……っ、ンンッ……。……痛……です……っ」

激情に駆られたまま、グスタヴスに無理強いをしたティーナだったが、やっと理性を取り戻し始めていた。

「当たり前だ……」

グスタヴスは呆れたように息を吐く。

「……ふ……っ、ぁ……っ」

固く膨れ上がった亀頭が奥にまでめり込んでいる。押すことも引くこともできずに、ただ啜《すす》り泣くティーナを、グスタヴスはじっと見つめた。

「気が済んだか？」

「いや、……です……っ。わ、私は……」

懸命に頭を横に振って、ティーナは無理やり腰を振りたくろうとした。だが、腰が引けてしまう。

「……あ……っ、ん、んん……」

瞳を涙に濡らしたまま、ティーナはグスタヴスの身体の上に、覆い被さる。

ティーナに淫らな話を聞かせてくれた夫人たちは皆、性交は気持ちのいいものだと教えてくれた。だが、恐ろしくて痛いばかりで、なにが気持ちいいのか解らない。

だが、こうして、グスタヴスの肌に触れて、彼の匂いを嗅《か》いでいる間は、胸がいっぱいになるほど、幸せだった。

「無茶をするからだ」

呆れたように呟かれる。当然だった。きっと嫌われたに違いない。そう思うといっそう泣きたくなった。

「……で、でも……グスタヴス様が……」

肉棒で膣肉を貫いたままの状況だ。痛みは一向《いっこう》にひかない。だが、グスタヴスの欲望を、抜くのだけはいやだ。

「私がなんだ」

しゃくり上げるティーナを宥《なだ》めるようにグスタヴスは話を聞いてくれる。

「……こ、……子種をなくしてしまったら……」

どれだけ時間がかかっても、接触恐怖症を癒《いや》すことはできるかもしれない。だが、子種をなくしてしまっては戻れない。

ティーナはグスタヴスの子だけは、どうしても、この世に残したかったのだ。

「はぁ……」

グスタヴスは、物憂《ものう》げに息を吐く。

「……私は幼い頃にその流行病《はやりやまい》にかかったことがある。……免疫《めんえき》があれば、成人してふたたびかかることはほとんどない。そのことを父上は知っている。あなたは騙《だま》されたんだ」

つまりグスタヴスの子種がなくなるという心配は杞憂《きゆう》ということになる。

「……え……っ」

それなのに、ティーナは強引に身体を繋《つな》げる真似《まね》をしたのだ。これで、いっそうグスタヴスが人に触れられなくなっていたら、どうしたらいいのだろうか。

「ご、ごめんなさい……。わ、私……なんてことを……」

ティーナが真っ青になったとき、リボンが緩《ゆる》んで、グスタヴスの片手の拘束が解放された。

「あ……っ」

きっと怒られてしまう。そう思ったティーナが泣きそうに顔を歪《ゆが》める。だが、グスタヴスは怒鳴りつけるような真似はしなかった。

「じっと、していろ」

リネンの上にティーナの身体をそっと横たえ、覆い被さる格好で優しく口づけてくれる。

「ん……、んぅ……っ」

どうしてこんな風《ふう》に、慈愛《じあい》を込めた口づけをしてくれるのか、ティーナには解らなかった。

「グスタヴス様……」

唇が離れると、ティーナはじっとグスタヴスを見上げる。すると、ふたたび唇を塞がれてしまう。舌の絡み合う艶めかしい口づけだった。

濡れた熱い舌がヌルヌルと絡み合う感触に、ティーナはビクビクと身体を引き攣らせてしまう。角度を変えて、口づけが深まる。

「……はぁ……、ん、……、んぅ……」

ギユッとグスタヴスの身体にしがみつくと、彼の熱い肌の感触に痺《しび》れが走り抜けた。彼の素肌から伝わってくる体温が心地いい。

「無茶なことばかりするな」

ティーナの濡れそぼった口角や、鼻先、瞼や、こめかみにグスタヴスは、なんどもキスを繰り返す。唇の柔らかさが心地よくて、ティーナは喜悦《きえつ》に打ち震えてしまう。

「あ……っ。あぁ……」

グスタヴスはティーナの首筋や耳朶《じだ》にまで唇を辿らせると、ふたたび唇を塞いだ。

「……ん、んんっ」

強引に肉棒を抽送《ちゅうそう》するような真似はせず、グスタヴスは内壁の感触を愉《たの》しむように、ゆるゆると腰を押し回す。

「はぁ……、あ、あ、……ああっ……んんっ！」

鈍い疼きに、焦れた身体が疼いて、熱く震える襞が収縮する。

「悪戯《いたずら》はやめろ……。私に身を任せていれば、ひどいことなどしない」

グスタヴスは掠れた声で囁くと、最奥《さいおう》まで肉棒を穿《うが》ち、そのまま口づけを繰り返した。

「……で、でも、欲しいです……っ」

下肢が引き裂かれるように痛い。だが、昂《たか》ぶった身体がひどく疼いていた。

いっそ滅茶苦茶《めちゃくちゃ》に、揺さ振って欲しいぐらいなのに、グスタヴスは肉棒をくわえ込ませたまま、ほとんど動こうとしない。

「今はだめだ。……望み通りになかで出してやるから我慢しろ……、はぁ……」

グスタヴスの額にはじっとりと汗が滲んでいた。

欲望を昂ぶらせたまま、時間をかけて辛いのは、彼のほうなのかもしれない。それなのに、強引な真似をしたティーナを、グスタヴスは無理に犯そうとしない。

「ん……っ、んぅ……。……はぁ……あ、あぁっ……」

そうして、長い時間をかけて、ティーナの肉壁を馴染《なじ》ませた後——。

グスタヴスは熱い飛沫《しぶき》を、ビュクビュクとティーナの最奥に放った。


「……ん……っ」

＊＊　＊＊　＊＊

ティーナが次に目覚めると、彼女の身体は清められ、グスタヴスの隣で眠っていた。

ふたりともなにも身につけていない格好だ。

「……っ⁉」

瞼《まぶた》を開いたティーナは現状が理解できずに、大きな声を上げそうになってしまう。だが、それを寸前で堪えた。窓の外を見ると、空は青みがかっている。日が沈みかけているのかと、首を傾げる。だが違った。夜が明けようとしているのだ。それを証拠に、空は次第に明るんでいっている。

――ふいに眠りに落ちる前のことが思い出される。

行為の後、グスタヴスへの申し訳なさにティーナは泣きじゃくってしまった。だが、優しく背中を撫でられる感触が心地よくて、いつしか眠りに落ちてしまったのだ。

彼は拘束したままだったもう片方のリボンを、自分で解いたらしい。

グスタヴスには、また迷惑をかけてしまった。

隣で眠っている彼をじっと見つめると、グスタヴスの手首には痛々しい跡がある。

「……っ」

申し訳なさに泣きたくなった。

すべてはティーナが愚《おろ》かにも勘違いをして、グスタヴスに無理強いをした結果だ。

「ごめんなさい……」

グスタヴスの接触恐怖症を治したかったのに、よけいに悪化させるような真似をしてしまった。もう彼に合わせる顔がない。

「……グスタヴス様……。ごめんなさい……。でも本当に、……お慕《した》いしていたんです……」

眠っているグスタヴスに聞こえるわけもないのに、ティーナはそう詫《わ》びるとベッドから下りようとした。だが、いきなりグスタヴスの腕に抱き込まれてしまう。

「……っ!?」

グスタヴスは眠ったふりをしていただけなのだろうか。

荒療治になってしまったが、先ほどのことで接触恐怖症が治ったのだろうか？

そんなことを逡巡《しゅんじゅん》していると、グスタヴスは穏やかな寝息をたてながら、ティーナの豊かな胸に顔を埋めてくる。

「グスタヴス様？」

艶めかしい手つきで、胸が揉《も》みあげられた。ティーナは息を飲む。グスタヴスはそのまま形の良い唇を開いて、薄赤い突起を咥え込んでしまう。

生温かい感触に包まれ、ティーナは身体を揺らした。

「あ、あ……っ。だめです……っ」

だが、グスタヴスは唇を放そうとしない。淫らな動きで舌を擦りつけ、固く尖《とが》った乳首を吸い上げたり、甘《あま》噛《が》みしたりする行為を繰り返す。

「……ん、んんぅ……っ」

ティーナは波打つブルネットをリネンの上で乱し、懸命に声を殺した。

性急に胸の膨らみや薄赤い突起を貪《むさぼ》っていたグスタヴスだったが、ふいにティーナの腰を抱き込むと、いきなり深い眠りに落ちてしまう。

どうやら、彼は寝ぼけていただけらしい。

ティーナに腹を立てているはずのグスタヴスが、彼女に触れてくるはずがないのだ。

グスタヴスの手をそっと放すと、ティーナはベッドをおりて、用意されていたドレスに着替えた。

「……ご迷惑ばかりかけてごめんなさい……」

まだベッドで眠っているグスタヴスに謝罪すると、音を立てないように部屋を出た。

そうして、父の待つ邸へと逃げ帰ると、ティーナは自分の部屋に閉じ籠《こ》もってしまう。

「もうグスタヴス様に合わせる顔なんてないわ……」

大好きなポプリに囲まれていても、まったく心を落ち着けることができなかった。

それどころか、グスタヴスの部屋にあったものを小さくしたようなウサギのぬいぐるみを前にいっそう泣きたくなってしまう。

「どうして、私はこんなにもバカなの……」

せめて姉の半分でも、機転が利《き》いて思い遣《や》りのある人間だったなら、グスタヴスを傷つけることはなかったはずだ。ティーナは涙を堪《こら》えていたが、ついに泣き出してしまう。そこに、なんの連絡もなくティーナが朝帰りしたことに腹を立てた父が、部屋の前にやって来る。

「ティーナ。嫁入り前の娘がふしだらなっ。結婚を申し込んでくれたディセット家にどう言い訳する気だ」

結婚を申し込んできたロブ・ディセットは、昔から姉のことを想っている。彼の父が誤解したため、相手を間違えただけだ。言い訳など必要ない。きっと今頃、ロブが誤解をといているはずだ。だが、そんなことを言い返す余裕などなかった。ティーナは父を部屋に入れることもできず、ただクッションを涙で濡らすばかりだ。

ティーナの泣き声が廊下まで聞こえたせいか、父は気まずそうに去っていった。

その後、当のロブが姉に面会を求めてきた。だが、姉はジョシュア王子との結婚を控えているため、邸を開けたままだ。

このことを伝えなければならない……。解ってはいたが、泣き腫《は》らした瞳では人前に出られず、日を改めて欲しいとお願いして、帰ってもらった。

そうして、ティーナが部屋に閉じ籠もり続けていると、階段を駆け上がってくる音が聞こえた。誰だろうか？　もしや父が無理やり部屋の扉をこじ開けようとしているのか不安になり、身体が震えてしまう。

「ティーナ、いるの？」

姉の声だった。慌てている様子だ。なにかあったのかもしれない。急いで扉のほうへと向かうが、転びそうになって椅子《いす》にぶつかってしまう。

「ティーナ⁉」

心配そうに声をかけられ、ティーナは涙が溢れてしまう。本当は姉に迷惑をかけたくなかった。だが、いくら考えても、どうしていいか解らない。

勢いよく扉を開けると、ティーナは姉の胸に飛び込んだ。

「……お姉様っ！　私、……、私大変なことをしてしまったの……、どうしよう。あの方に嫌われてしまったわ。もう二度と口を利いていただけない」

捲《まく》し立てるティーナを前に、姉のアメリアは呆然《ぼうぜん》としていた。

「なにがあったの？」

「わ、私……、私……。わぁぁ……っ」

グスタヴスに嫌われてしまった。二度と口を利いてもらえない。そんなことなら、生きていてもしょうがない気がする。そう思うと、いっそう感情が高ぶってしまう。

「ティーナ、……お、落ち着いて……」

姉はティーナを宥《なだ》めると、ラベンダーを摘んでフレッシュティーを淹《い》れてくれた。

その香りを嗅《か》いでいると、次第に心が落ち着いてきて、涙をとめることができた。

「大丈夫？　……もしかして、私のせいで……？　ごめんなさい。ティーナ……」

唐突《とうとつ》に姉が謝罪してくる。ティーナは首を傾げた。

「どうして、お姉様が気に病《や》むの？」

姉は優しく慰めてくれただけだ。感謝してもしきれないぐらいなのに。

「え？　あの……違うの？　じゃあ、いったいどうしてあなたは泣いていたの」

恥ずかしさに頬が熱くなる。ティーナはラベンダーティーの入ったカップを、テーブルに置くと、覚悟を決めてアメリアに言った。

「私、愛する方を襲《おそ》ってしまって……」

「……襲う？　な、なんてこと……」

真っ青になっていても姉は美しい。誰しもが惹《ひ》かれずにはいられない。

こんな女性だったなら、グスタヴスも受け入れてくれたに違いない。だが、ティーナは愚かな真似ばかりしてしまって、グスタヴスに迷惑をかけるばかりだ。

こんな状況で、好きになってくれるわけがない。

ふたたび涙が零《こぼ》れそうになる。するとティーナの手を、アメリアはぎゅっと握ってくれた。

伝わる体温に、ささくれた心が和《やわ》らぐ。

「いったいなにがあったの。言いにくいことかもしれないけど、もっと解りやすく説明してくれないかしら」

「……さっき言った通りなの。……グスタヴス様は潔癖《けっぺき》性で、人に近寄られたくないのに……。

私、どうしてもお嫁さんにして欲しかったから、嫌がるあの人を無理やり押し倒して、身体を繋げてしまって……。どうしよう。あんなことをした私のことなんて、もう顔も見たくないに違いないわ……」

ティーナが正直に答えると、姉は驚きのあまり放心してしまう。

こんな荒唐無稽《こうとうむけい》な話を理解しろというほうが、無理な話だ。女性から男性を襲うなんて、はしたないどころの騒ぎではない。

これで、グスタヴスを縛《しば》りつけたことを話せば、姉はきっと倒れてしまうだろう。

「……グスタヴス様のもとに行って、お話を……伺《うかが》うしかないんじゃないかしら……」

アメリアは、声を震わせながら答えてくれる。だが、やはり理解の範疇《はんちゅう》を越えてしまっているらしく、目を泳がせたまま、こちらを見ようとしない。

確かに、グスタヴスには大変なことをしでかしてしまった。

それなのに、ティーナは逃げ出しただけで、ちゃんとした謝罪を告げていない。

「会ってくださるかしら……」

不安のあまり、ティーナは俯《うつむ》いてしまう。

「付き添ってあげるから、面会を申し込んでみるといいわ。……もしも許してくださるおつもりがあるのなら、きっと会ってくださるんじゃないかしら」

人に頼るのはもうやめようと決めたのに、肝心《かんじん》なときに限って、結局は足を踏み出せなくなってしまっている。

「お姉様……。ごめんなさい……」

涙目になりながら謝罪すると、姉が背中を押した。

「私は付き添うだけよ。……あとはあなたが勇気を振り絞《しぼ》らないと」

たしかにそうだ。アメリアに代わりに謝罪してもらうわけではない。グスタヴスのもとに辿《たど》り着いてからが、肝要《かんよう》なのだ。

そうして、ティーナは姉とともにグスタヴスが住まいにしているホテルに向かった。

＊＊　＊＊　＊＊

「ここね……。行きましょう」

ホテルの豪奢《ごうしゃ》なエントランスに辿り着くと、姉は、フロントのコンシェルジュにグスタヴスに会うための伝言を頼んでくれた。

心臓が壊れそうなほど早鐘《はやがね》を打つ。『二度と顔を見せるな』そんな返事がきたら、帰りに首都コーロウィーの中心を流れているポルトフェ川に身を投げるしかない。

待っている時間が恐ろしくて、泣きそうになっていると、姉は肩を抱いてくれる。

「大丈夫よ。あなたは誰よりもいい子だもの。きっとグスタヴス様も解ってくださるわ」

ティーナはいい子などではない。自分勝手で我《わ》が儘《まま》な人間だ。グスタヴスを好きになってしまってから、恐ろしいほど貪欲《どんよく》になってしまっている。

グスタヴスを誰にも渡したくなくて、胸が張り裂けそうなぐらいだ。

ひとりで動けないティーナを気遣《きづか》って、姉はここまでついてきてくれた。それなのに、グスタヴスが、こんなにも素敵な姉を前に、好きになってしまうのではないかとティーナは不安で堪らない。なんて醜《みにく》い心なのだろうか。自分が情けなくて、いっそう泣きたくなってしまう。

「……ご、ごめんなさい……」

「どうして私に謝るの？」

なにも知らない姉は、ティーナの身体を抱き締めて、頬にキスしてくれた。

「大丈夫。きっとグスタヴス様も、あなたの気持ちを解ってくださるわ」

ティーナのしでかしたことを、姉がすべて知ってしまえば、そんな風には思えないはずだ。

だが、言えるわけもない。

姉の慰めにいっそう泣きたくなっていると、そこにグスタヴスの伝言を携《たずさ》えて、コンシェルジュがやってくる。

「申し訳ございません。ティーナ様おひとりでしたら、部屋にお通しするようにとのことです」

その返事を聞いた姉は、不安げにこちらを見つめてくる。だが、ティーナは嬉しくて仕方がなかった。二度とグスタヴスには顔を合わせられないと思っていたからだ。たとえ恨《うら》まれていても、謝罪する機会がもらえたことを喜ばなければならない。

「良かった！　グスタヴス様が会ってくださるなんて、まだ望みはあるのね。お姉様、ここまで連れてきてくださってありがとう。心配かけてごめんなさい。もう大丈夫だから、お城に戻って？」

姉は結婚の準備があるはずだ。いつまでもここに引き留めることはできない。

ここからは自分の足で行かなければ。

呆然としている姉に礼を言うと、ティーナはグスタヴスの部屋に向かって、駆けていった。

第五章　ふしだらな蜜月

グスタヴスからの面会を承諾《しょうだく》してくれるという伝言を受けて、部屋の前まで駆けて来たものの、ティーナは躊躇《ちゅうちょ》してしまう。扉をノックしなければ先に進めないのは解《わか》っている。

会ってもらえる嬉《うれ》しさに、深く考えずにここまで来てしまった。だが、扉を開けた瞬間、侮《ぶ》蔑《べつ》の言葉を投げかけてくる可能性もあると気づいたのだ。

ティーナはコクリと息を飲む。

嫌がる彼を縛《しば》りつけて、無理強《むりじ》いをした報《むく》いだ。どんな言葉でも甘んじて受けるべきだろう。

覚悟を決めて、ティーナは扉をノックした。

「入れ」

すると、低い声音《こわね》で返答があった。

「失礼します……」

ティーナが恐る恐る室内に足を踏み込んだ。その瞬間――。

いきなり力強い腕に抱き締められ、ティーナの唇《くちびる》が塞《ふさ》がれた。

驚きに目を瞠《みは》ると、グスタヴスの銀糸のような艶《つや》やかな髪が瞳《ひとみ》に映る。

「……んん……っ、んぅ……」

ぬるついた舌《した》がティーナの狭《せま》い口腔《こうこう》を這《は》う。熱い器官が生々《なまなま》しく蠢《うごめ》く感触に、ティーナは苦しさを覚える。

「……く……ん、んんぅ……、ふ……あ……ンッ」

逃れられないほど、強く身体《からだ》が抱き締められていた。呼吸すら満足にできない。

なんどもなんども熱く濡《ぬ》れた舌が絡《から》みついてくる。濃い琥珀《こはく》色の瞳が、ティーナを見つめていた。

敏感な舌の上を擦《こす》られるたびに、鈍《にぶ》い疼《うず》きが身体を駆け巡って、ビクビクと身体が跳《は》ねるのをとめられない。彼の官能的な香りが鼻腔《びこう》を擽《くすぐ》って、いっそう口づけの快感を煽《あお》る。

「んぁ……っ、はぁ……」

官能的で、どこか甘く噎《む》せ返るような香りだ。それを嗅《か》ぐだけで、すべての神経が次第に麻《ま》痺《ひ》してしまいそうになる。

「……あ、ふ……っ、ん、ん……」

唇の隙間で息を吸おうとした。だが、角度を変えて、深く口づけられた。

くるおしいほどのキスや抱擁《ほうよう》に、ティーナがなすすべもなく身を任せていると、ふいに唇が離れる。やっと解放してもらえたらしい。

だが、ティーナの足はガクガクと震えて、腰が抜けそうになってしまっていた。

「グスタヴス様……どうして……」

熱い吐息を漏《も》らしながら尋《たず》ねた。すると、グスタヴスは呆《あき》れたように言い返してくる。

「なにを驚いている。……私の花嫁になりたいと言ったのは、あなただ」

確かにその通りだ。ティーナは、グスタヴスのものになりたかった。しかし、彼には問題があったはずだ。

「……人に触れられないのでは……」

ティーナは困惑《こんわく》した面持《おもも》ちで尋ねる。グスタヴスは苦笑を返してきた。

「触れられないのではない。触れたくないのだと言っただろう」

「……でも、い、今……私に……」

人に触れたくないのに、どうしてティーナには、眩暈《めまい》がしそうなほど熱く激しい口づけをしたのだろうか。

「私は、あなたになら触れられる」

動揺のあまり途切れてしまったティーナの問いに、グスタヴスは答えてくれる。

「どうして……?」

ティーナはただの人間だ。妖精でもなければ、なにか特異な力を持っているわけでもない。どうしてグスタヴスは、ティーナにだけ触れられるというのだろうか。

「そんなことは、私が聞きたい。なぜ、こんなにも私は、あなたに触れたくなるんだ？」

グスタヴスはティーナの身体を強く壁に押しつけた。

「……あっ……」

華奢《きやしゃ》な身体がビクリと跳ねる。グスタヴスは、心許なげに震えるティーナの顔を、愛《いと》おしげに覗《のぞ》き込んでくる。

間近に迫る秀麗《しゅうれい》な美貌《びぼう》に、ティーナは目を瞠《みは》った。先ほどまでティーナに激しく口づけてきた彼の唇が目の前にある。もっと口づけて欲しい。そんな、ふしだらな欲望が脳裏《のうり》に過《よ》ぎってしまって、コクリと息を飲んだ。

「愛らしさのあまり無理強いしそうになるのを、私は必死に堪《こら》えていたのに……。まったく、あなたは無謀な女だ」

愛らしい？　誰が？　誰のことを？　そんな風《ふう》に？

ティーナの頭のなかは混乱を極めていた。しかし、目の前にあるグスタヴスの琥珀色の瞳を見ていれば、おのずと答えは解った。信じがたいことに彼は、ティーナのことを愛おしく想《おも》ってくれているらしい。

「……避けられて……いるのかと……」

気恥ずかしさに俯《うつむ》いてしまう。これは自分の都合のいい夢なのではないだろうか。

そんな風に思えてならない。グスタヴスはいつもの手袋を嵌《は》めていない。じかにティーナの熱く火照《ほて》った頬《ほお》や、桜色の唇《くちびる》を指で辿《たど》ってくる。優しい指先の感触に、身体が痺《しび》れた。

ずっと人を避けていたグスタヴスに、自《みずか》らの望みで触れられているのだ。ただ彼の指が自分に触れている、それだけ。

ただそれだけなのに、まるで甘い口づけを受けているような幸せな気持ちだった。

「避けるに決まっている。あなたと来たら、無自覚にところ構わず私を誘惑してくるのだから」

誘惑という、あり得ない言葉に、目を瞠る。

「……し……していません……」

ティーナが無理やり襲《おそ》うような真似をしたのは確かだ。だが、ティーナは誘惑なんてした覚えはない。できるわけがない。

「だから無自覚だと言っているだろう。あなたは無垢《むく》で純粋な顔をしているくせに、人を煽《あお》ることばかりしていた」

グスタヴスはティーナの耳朶《じだ》に唇をよせると、責めるように甘噛《あまが》みした。すると、甘やかな痺れが、首筋を走り抜ける。

「あなたが最初に目の前から消えたとき、おかしくなりそうなほど探した。解っているのか」

それは、グスタヴスがアランに薬を盛られて朦朧《もうろう》となり、ティーナをホテルに連れ帰った翌朝の話だ。

「私のこと……、妖精だと……勘違いしていたのに……？」

ティーナは家に帰る前に、メモ帳に『お世話になりました。またお礼に伺《うかが》います』と書き残した。それでもティーナのことをグスタヴスが探してくれたなんて驚きだ。

「さすがに、あの手紙を見れば、どれだけ愚鈍《ぐどん》な者でも、人間だと気づくだろう」

確かに。妖精ならば人間の文字で、律儀《りちぎ》にメモを残すわけがない。

「次にあなたに出会ったら、ぜったいに放さないと心に誓っていた。だが、ようやく見つけたと思ったら、……あなたは愉《たの》しげに他の男と話していたな。あの男は誰だ」

なんのことか解らず、ティーナは首を傾《かし》げる。ホテルから逃げ帰った後に、最初にグスタヴスに出会えたのは、帰国したばかりの姉と向かった舞踏会《ぶとうかい》だ。

そのときにティーナが話をした記憶があるのは、ロブだ。昔から姉のことが大好きなのに、手違いでティーナに結婚を申し込んでしまったという迂闊《うかつ》な昔馴染《むかしなじ》み。確かにそのとき、グスタヴスの視線を感じた気がした。あれは気のせいではなかったらしい。

「……ロブ兄様ことは、誤解しないでください」

あれから日が過ぎている。ロブが彼の父の誤解をといて、婚約の申し込みをなかったことにしてくれているはずだ。疑われるような関係は一切ない。

「あの男は、あなたの兄なのか？　顔は似ていないようだが……」

訝《いぶか》しげにグスタヴスが尋ねてくる。

「昔からよく知っている方なので、そう呼ぶ習慣がついてしまって……」

幼《おさな》い頃はロブに憧《あこが》れを抱いたこともあった。だが、今は兄のように慕《した》っているだけだ。恋愛感情などまったく抱いてはいない。

「そのうえ、このホテルまで私に会いに来たのかと思えば、なぜかラウンジに隠れていた。話しかければ逃げ出し、あげくに他の男に抱き締められていた。あなたはどういうつもりなんだ」

グスタヴスは忌々《いまいま》しげに呟《つぶや》く。確かにその通りの行動をとったのは事実だ。しかし、あがり症のティーナからすれば、それが精一杯だったのだ。

「それは……、グスタヴス様が私の話をくだらないって……おっしゃるから」

勇気を振り絞《しぼ》ってホテルまでやって来て、どうにか以前助けてもらったお礼と、妖精ではないことの謝罪を伝えた。ずっと伝えたくて、伝えられなくて思い悩んでいたことだったのに。

グスタヴスは『くだらない』と言い放ったのだ。だからつい逃げ出してしまった。だが、幼なじみのアランに見つかり、抱き締められてしまった。望んで捕まったわけではない。

「私は、……あなたの告白が聞けるのかと思ったのだ。恥じらう表情で見上げておいて、どうでもいい話など聞きたかったわけではない」

ティーナは意味が解らず首を傾げてしまう。

「あの、……告白というのは……？」

戸惑《とまど》いながら尋ねると、グスタヴスはきっぱりと言い放つ。

「あなたは私が好きなのではないのか」

ティーナはその言葉を聞いた瞬間、息を飲んだ。そして、真っ赤になってしまう。あの頃から、ティーナの気持ちはすべてグスタヴスに伝わってしまっていたのだろうか？　しかも、その言い方では、彼はティーナの告白を待ち望んでいたように聞こえる。

「で、でも……、私に触れたくないのでは……？」

アランから引き剝《は》がすときも、手袋越しだというのに襟口《えりぐち》を摑《つか》まれた記憶がある。

それなのに、どうして？

グスタヴスは、自分には触れたくないのだ。そう思っていたからこそ、ティーナは深く傷つき、思い悩んでいたのに。

「違う。……あなたに触れようとしなかったのは、一度触れたらとまらなくなるのが解っていたからだ」

額《ひたい》を合わせる格好《かっこう》で押しつけられ、鼻先が掠《かす》める。あと少しで唇が触れそうなのに、触れない。じれったさに、息が苦しい。

「……それは……、どういう……」

掠れた声で尋ねる。答えが知りたい。同じぐらい、目の前にあるグスタヴスの唇が欲しい。

だが、ふいに彼の顔が離れてしまう。

「あ……」

ティーナは思わず名残惜《なごりお》しげな声を漏らす。

切ない表情で見上げるティーナを、グスタヴスは苦しげに見返していた。

「いい加減にしてくれ。捕まえようとすれば、逃げ出す。無理強いをしないように気をつければ、自《みずか》ら暴挙《ぼうきょ》を犯す。あなたはいったい、なにが望みだ」

強い視線で睨みつけられる。だが、恐ろしさは感じない。

「あ、あの……」

ティーナは声を震わせる。好きだとグスタヴスに言いたかった。だが、緊張のあまり言葉がでなかった。

「私はあなたを脅《おど》しているわけでも、叱っているわけでもない。……落ち着け」

グスタヴスはそう告げると、ティーナの背中に手を回して、慰《なぐさ》めるように優しく撫《な》でてくれる。しかし、その手つきは次第に淫《みだ》らなものへと変わっていく。

ドレス越しに触れる指の感触に、肌がざわめく。ティーナは思わず、肩口を揺らしてしまう。

「……っ！　……あ……ンンッ……。……だ……だめ……です……」

ビクビクと身体が跳《は》ねるのをとめられない。すると、グスタヴスは愉《たの》しげに言い返した。

「落ち着かせてやっているのに、どうして頬を赤らめる」

こんな風《ふう》にグスタヴスに触《さわ》られて、落ち着けるわけがない。ティーナは恥ずかしさから、涙目になった。

「……からかわないで……ください……」

ティーナは消え入りそうな声で訴えた。

「からかってなどいない。……あなたの気持ちを、言葉にしろと告げただけだ。ほら……どうすればいいか、解るな」

グスタヴスに伝えたかった言葉はたくさんある。そのなかでも、どうしても伝えたい言葉。これだけは言いたかった言葉。

声が震えてしまう。それでも、ティーナは勇気を振り絞る。

「……愛しています……。……わ、私……グスタヴス様を……誰にも渡したくない…………」

彼の精悍《せいかん》な顎《あご》に手を伸ばし、ティーナはついに告白した。グスタヴスは破顔して、ティーナの身体をギュッと抱き締めてくれる。

「ならば、初めからそう言え」

ご褒美《ほうび》だとばかりに、チュッと唇に口づけられた。ティーナはグスタヴスの肩にしがみつき、その温もりを貪《むさぼ》る。

「あなたが、……ほ、欲しいです……。グスタヴス様が……好きです……」

ずっとこうしたかった。そして、誰よりも好きだと告げたかった。

グスタヴスに伝えられる日など来ないかもしれないと、諦《あきら》めかけた日もあったのに。まだ夢のなかにいるのではないかと、不安になってしまう。

今が現実だと実感したくて、ティーナは力の限りグスタヴスを抱き締める。

「それでいい。よく言えた褒美《ほうび》に、願いを叶えてやる」

尊大な物言いで告げると、グスタヴスはティーナの身に纏《まと》っているドレスの紐《ひも》を解き始めた。

「……あ……っ」

こんな扉の脇でなにをするつもりなのだろうか？

ティーナが困惑《こんわく》していると、高い位置にある鼻先を滑らかな首筋に押しつけられた。

「あなたはいい香りがする。花のように芳《かぐわ》しい」

熱い吐息が首筋にかかる。羞恥《しゅうち》とくすぐったさにティーナは首をすくめてしまう。

「……た、たぶん……アロマオイルのせいです……。私自身が薫《かお》っているわけでは」

グスタヴスの好きな香りがするのならば嬉しい。ティーナも、彼の官能的な香りがとても好きだ。

「……いや、肌から漂っている気がする。汗ばむと堪《たま》らないほど甘くなるからな。……ああ。いいな。……もっと、嗅《か》がせろ」

ティーナの柔肌《やわはだ》が吸い上げられ、鼻先が強く押しつけられる。自分の肌がどんな香りなのかなんて、解らない。だが、汗ばんだ肌がいい匂いがするとは思えなかった。

「や……っ、恥ずかしいです……。ん……っ、ん」

身じろぎして、彼から逃げようとした。だが、壁との間に挟まれて身動きができない。

「人を襲うような真似をしておいて、恥じらうな」

確かにグスタヴスを襲って、無理やり身体を結ばせたのはティーナだ。だが、無我夢中だったのだ。冷静に考えればよくあんな真似ができたものだと、呆《あき》れてしまう。

「……そ、……それは……」

ティーナがなにも言い返せずに俯いた。その隙をついて、グスタヴスはティーナの身に纏うドレスを脱がし、コルセットを露《あらわ》にしてしまう。

「あっ……」

これを外されては、卑猥《ひわい》なほど大きく育ってしまった胸の膨《ふく》らみが、もとの大きさに戻ることになる。ティーナは背中を壁に押しつけて、紐を隠した。

「またこんなに締めつけているのか」

呆れたようにグスタヴスは呟く。知的な女性はスラリとした肢体《したい》をしているものが多い。父に頭が悪く見えると教えられた言葉は、深く心に刻まれている。これからも、ずっとこうして胸を押さえつけるつもりだ。

「こんな……胸……、恥ずかしい……です」

コルセットの上から、ティーナは自分の胸を隠すように腕を回した。

「恥ずかしくない。……あまり締めつけては身体の負担になるだけだ。二度と締めつけるのはやめろ」

「で、でも……」

言い訳しようとした。だが、遮《さえぎ》るように強引に身体が引き寄せられてしまう。グスタヴスはコルセットの紐を外し始める。

「あ……だめです……っ」

抗《あらが》おうとすると、低い声音で告げられた。

「私の言いつけを拒《こば》むのか」

そんな風にグスタヴスに言われたら、逆らえなくなってしまう。

「……わ、解りました……。もう締めつけません……」

そう答えながらも、締めつけた状態の身体に合わせたドレスしか持っていないのだが、どうすればいいというのだろうか。

だが、項垂《うなだ》れている場合ではなかった。考えごとをしている間に、グスタヴスが、ティーナのコルセットを外し終えて、床に投げ捨ててしまったからだ。

「あ……っ」

驚くような早業だ。慌てて彼に背中を向けて、胸の膨らみを隠そうとした。だが、両手首が摑まれ、壁に押しつけられた。

これでは、豊満《ほうまん》な乳房《ちぶさ》を露《あらわ》にされたまま、隠すことができない。

「……あ、……あまり……見つめられると……恥ずかしいです……」

ティーナは真っ赤になって顔を逸らした。グスタヴスは、無防備な胸に顔を押しつけてくる。

「人を縛りつけて好き勝手したあなたが、私に指図するのか」

「ごめんなさい。……謝りますから、どうか……、その話はもう……」

ひどい真似をしたことはいくらでも謝罪する。だから、その話でからかうのはやめて欲しかった。申し訳なさと羞恥で泣きそうになってしまう。

「なんどだって言ってやる。……そして、あなたは私を襲いたくなるほど、愛しているのだということを、自覚すればいい」

そう言ってグスタヴスは、ティーナの胸の先端にあるローズピンク色をした乳首を咥《くわ》え込む。

彼の口腔に包みこまれる生温かい感触に、ブルリと胴震いが走る。

「……ん……っ」

ぬるついた熱い口腔のなかで、きつく扱かれた乳首が、固く隆起《りゅうき》していく。

「あ、あふ……、んんぅ……」

甘い吐息を漏らすティーナに気を良くしたグスタヴスは、さらに淫らな口淫《こういん》で、乳首を責め立ててくる。濡れた舌先で転がされ、あげくに柔らかく甘噛みして、存分に嬲《なぶ》られていった。

「……ん、……あ……くぅ……っん」

波打つブルネットを揺らして、次第にティーナの口から喘《あえ》ぎが漏れ始めると、グスタヴスは口蓋《こうがい》と舌で、乳首を押し潰《つぶ》したり、きつく咥えて引っ張ったりしながら、いじわるな視線を向けてくる。

「や……っ、やぁ……。優しくして……くださ……」

痛めつけるようなことをして欲しくなかった。敏感な部分をそっと触れて欲しくて、ティーナは、艶《つや》めいた声で哀願《あいがん》する。

「こうか……?」

グスタヴスはティーナの願い通りに、舌先で優しく乳首を転がし始めた。だが、舌先に掠める動きで、くすぐられる感触に身体がひどく疼《うず》いてしまう。

「……あ、あふ……っ、ん……っ」

優しくして欲しいと言ったのは、自分自身だ。それなのに、ティーナはきつく吸い上げて欲しくて、身体を揺らし始めてしまっていた。

「……あ、あの……。……そ、そこ……っ、も……っと……」

ティーナが泣き濡れた声を上げると、皮肉げに口角《こうかく》を上げたグスタヴスが尋ねてくる。

「もっと?　優しくして欲しいと言ったばかりだろう」

「……だ……、だ……って……」

いやらしく責め立てられた後に、急に触れるか触れないかの愛撫《あいぶ》を受けたら、誰だって身体が焦《じ》れてしまう。

「我が儘《わがまま》な身体だ。……どうして欲しいのか、自分でやって見せろ」

グスタヴスはティーナの手首を摑むと、無理やり自分のたっぷりとした乳房を持ち上げさせた。柔らかな感触が指にあたり、目を丸くする。

「……で、できません……」

グスタヴスの目の前で、自分で感じるように胸を弄《いじ》るなんて、そんな恥ずかしいことができるわけがない。

「仕方ない。あなたの望むようにできそうにないからな。触れるのも遠慮するか……」

こんなにもティーナの欲望を煽《あお》ったのに。言うことを聞かなければ、この状況のままティーナを放置するつもりらしい。熱に煽られた身体が、ひどく疼いていた。

このままでは、苦しくておかしくなってしまう。

ティーナは泣きそうに顔を歪《ゆが》める。

「本当にやらないのか」

念を押して尋ねられ、ティーナは微《かす》かに首を横に振る。

グスタヴスに触れてもらえなくなるぐらいなら、ティーナはどんな恥ずかしいことでも堪えられる気がした。

「……で、でき……ます……」

顔を逸《そ》らしたまま、ティーナは自分の柔らかな胸を、華奢《きやしや》な指でゆるゆると揉みあげ始める。

弾力のある胸が指の力に合わせて、淫らに形を変えていく。

その様子を、グスタヴスは愉しげに見つめていた。

「揉むだけでいいのか」

戯《おど》けた口調で尋ねられ、ティーナの頬が羞恥からいっそう熱くなる。

見ないで欲しい。

なにも言わないで欲しい。

それなのに、グスタヴスはティーナの願いとは逆のことばかりしてくる。

「私は、あなたがしたのと同じことだけを、するつもりなのだが、……本当にそれだけでいいのか」

グスタヴスはティーナの首筋に、形のよい唇を滑らせ、いじわるな問いをしてきた。

そして、ねっとりとした熱い舌で、喉元を舐め上げてくる。艶《なま》めかしい感触に咽頭《いんとう》が震える。

「あ、……はぁ……はぁ……」

もっと強くして欲しくて、焦《じ》れた身体が息を乱していた。

これだけでは嫌だ。

これだけでは足りない。

恥辱《ちじょく》に震えながら、ティーナはグミの実のように弾力のある肉粒《にくつぶ》を指で挟んで、コリコリと擦りつけ始めた。乳輪や乳首の側面が刺激される感触に、肌が総毛立つ。

「……は……っ、んぅ……っ」

触れているのは、自分自身の指。感じるなんておかしい。だが、グスタヴスが自分を見つめている。そう思うだけで、怖いぐらいに肌が敏感になってしまっていた。

固く尖《とが》った胸の突起を擦るたびに、焦れったい疼きが身体中へと駆け巡っていく。

グスタヴスの熱く濡れた口腔の感触が脳裏に過ぎる。もういちど、唇に含んで、疼く乳首を舌で転がして欲しくて堪《たま》らなかった。

「んぁ……、はぁっ、……く……んぅ……ンンッ……」

ティーナが、熱く洩れる息を吐きながら、懸命《けんめい》に胸を揉みさすっていると、耳元にグスタヴスが顔を近づけてくる。

「かわいらしいな……。そんな姿を見ていると、身体中を舐め尽くしてやりたくなる」

低く色気のある声音で囁かれた。そして、ねっとりとした熱い舌で、耳朶を舐め上げられる。

「……っ」

衝動的に、舐めて欲しいと告げそうになっていた。そんな淫らな自分が恐ろしくて、瞳が潤むのをとめられない。

「……あっ！」

ティーナの身体が、ビクンと大きく跳ねた。すると、グスタヴスは耳殻《じかく》や耳裏にまで、舌を這わせ始める。彼の蠢《うごめ》く舌が、無防備な場所を淫らに這い回る感触に、ティーナは堪《こら》えきれずただろう。

「……は……ふ……。……ん、んぅ……っ。も……、赦《ゆる》し……」

ガクガクと膝《ひざ》が震える。壁に凭《もた》れる格好《かっこう》でなければ、すでにその場に崩《くず》れ落ちてしまってい

身体を悶《もだ》えさせてしまう。

「私は、なにもしていない。あなたを拘束して無理強いをしているわけでもない」

グスタヴスはティーナを見つめながら、密かに笑ってみせる。

「あなたは自分の指で、触れているだけだ」

ティーナは自らの華奢な指先で、固く尖った乳首をコリコリと擦りつけていた。物足りなさに、腰が揺らぐ。太腿《ふともも》を摺《す》り合わせながら、熱い吐息を漏らした。

「……グスタヴス様が、……見て……いらっしゃるから……」

普段なら、自分の身体に指を掠めても、感じることはない。こんなにも、熱く肌が火照《ほて》ってしまっているのは、グスタヴスが見つめているからだ。

「……私に、あなたを見るなと言っているのか？」

グスタヴスはそう言うと、視線を外そうとする。

違う。ティーナはグスタヴスを拒《こば》んでいるわけではない。

もっと、先ほどみたいに熱い口腔で乳首を扱《しご》いて、巧《たく》みな指で肌に触れて欲しかった。

下肢から迫り上がるのは、鈍い疼きだ。だめだ。このままではおかしくなってしまう。

ティーナは堪えきれず、グスタヴスに懇願《こんがん》する。

「違……っ。……も、触っ……て、くださ……」

息を乱しながら、力なく壁にもたれかかり、ティーナは甘い声音でグスタヴスを誘う。

「足りないのか、いやらしい花嫁だな。いいだろう。そのかわいらしさに免じて、言いなりになってやる」

そう告げると、グスタヴスはティーナのドレスのスカートを捲《まく》り上げ、パニエの裾《すそ》ごと、唇に咥えさせた。

「胸はそのまま、自分で揉んでいろ。手は決して放すな」

「んぅ……っ」

懸命に歯を立てるが、息苦しさにスカートを放してしまいそうになった。そうして、なんとか咥えた体勢を保っていると、いきなりドロワーズが引き摺《ず》りおろされてしまう。

「……っ！」

グスタヴスはティーナの前に跪《ひざまず》き、満足そうに下肢を眺《なが》める。

「胸は大きく育っているが、やはりここは薄いな」

そして、まだ生えそろってない薄い恥毛《ちもう》に長い指を這わせていく。恥ずかしさに背を向けようとするが、グスタヴスが押さえつけてきて、身動きができない。

抵抗できないまま、ティーナは脚《あし》を左右に開かせられた。

「噎《む》せ返るほどあなたの匂いがする」

ねっとりとした蜜《みつ》に濡れた媚肉《びにく》を、グスタヴスの怜悧《れいり》な眼差しが見つめていた。

「……ん、んんぅ……っ」

見ないで欲しい。訴えたいのに、スカートの裾を咥えさせられているため、言葉が紡《つむ》げない。

「自分で胸を弄《いじ》って感じたのか？　それとも、私の口づけに酔ったのか。どちらだ」

いくら逡巡《しゅんじゅん》しても答えがでるわけがない。

どちらに頷いたとしても、ティーナがいやらしい子である証明にしかならないのだから。

頬を朱に染めて、潤んだ瞳を向けることで、もうなにも言わないで欲しいと訴える。

「恥ずかしいのか？」

グスタヴスはティーナの気持ちを理解してくれたらしかった。束の間、安心するが、微《かす》かに口角を上げて笑われた瞬間、いやな予感が走った。

「……っ！」

ティーナの予感は的中した。

グスタヴスが、長い指でじっとりと濡れた媚肉を左右に開いたのだ。

赤く充血した淫唇《いんしん》も、濡れそぼった蜜孔《みつあな》も、快感に震える肉びらも、なにもかもがグスタヴスの視線にさらされてしまう。

「ん、……んんぅ……っ」

ティーナはブルブルと頭を横に振って、見ないで欲しいと訴える。

「いちど雄《おす》を受け入れただけでは、処女と変わらない色なのだろうな。……とても美しい。これでは、悪い男が群がるはずだ。……羽虫が来ないように、ここをなんども扱《しご》いて、私の色にしてやろうか」

一方的にそう宣言すると、彼は唇を開いて、ティーナの秘裂《ひれつ》に隠されていた肉びらを、口腔に咥え込む。蠢《うごめ》く舌が、小さな突起をヌルヌルと舐め回し、奥に隠された花芯《かしん》を抉《えぐ》る。得も言われぬ快感が、下肢から迫り上がっていた。ティーナは背中を壁に押しつけ、湧き上がる快感を必死に堪える。

「んぅ……、ん、くふ……、ん、んんっ」

今まで覚えのない痺《しび》れに堪えきれず、思わず逃げ出したくなる。

だが、脚を開かせるために、柔らかな太腿《ふともも》を摑まれているため、身動きができなかった。

与えられる激しい愉悦《ゆえつ》を甘受《かんじゅ》するしかない。

「……く……っ、ふ……、ふっンンゥッ」

ドレスの裾を咥えさせられているせいで、身体に渦巻《うずま》く熱を唇から吐き出すことができない。

小さな鼻先から僅《わず》かばかりの湿った息を漏らすだけだ。胸を揉んでいろと命令されていたが、震える指先を動かす余裕などない。

懸命にティーナが堪えている間にも、グスタヴスは肉芽《にくめ》の包皮を熱い舌先で剝《む》いて、鋭敏な突起に唾液《だえき》を纏《まと》わせたり、きつく吸い上げたりする行為を繰り返す。

艶めかしい愉悦が、ジンジンと身体中を駆け巡っていく。

「ンぅ……っ、んんぅ……」

ブルブルと身体が痙攣《けいれん》する。激しい眩暈《めまい》に苛《さいな》まれ、今にも倒れてしまいそうだった。

やめて欲しい。許して欲しいと声を上げたくて堪らない。しかし、言葉は紡《つむ》げず、呼吸することすら満足にできない。ヌルリヌルリと花芯に舌が這いずり、舐めしゃぶられ、喘《あえ》ぐ身体を淫らな手つきで撫でさすられていく。

「……ふ……っ、んんぅっ」

昂《たか》ぶった身体が熱くて、苦しくて、心臓が壊れそうになる。口腔から溢れてしまった唾液に、咥えさせられているスカートは湿ってしまっていた。

ガクガクと膝を震わせて、泣きそうになりながらグスタヴスを見下ろす。

すると、じっとティーナを見上げている、彼と視線が絡《から》んだ。ドクリと心臓が高鳴る。

誰にも触れることのできなかったグスタヴスが、よりにもよって、ティーナの淫らな秘裂を躊躇《ちゅうちょ》もなく舐めているのだ。そう思うと、ゾクゾクと身震いが走るのをとめられない。

肉びらと花芯を、蠢《うごめ》く口腔で吸い上げられたとき——。

「く……っ、ふぁ……っ……」

衝動的に唇を開いたティーナが、ドレスの裾を放してしまう。

「ちゃんと咥えていろ。触って欲しいのだろう」

グスタヴスは、薄く笑って囁く。

「それ……舌です……っ、触ってな……」

泣きそうになりながら、訴えた。淫らな場所ばかり責め立てられ、身体中が疼いてしまっている。このままではおかしくなってしまいそうだった。

「確かに。それは失礼をしたな」

濡れそぼった膣肉《ちつにく》を、グスタヴスはグッと指で押し開いていく。濡れそぼった淫唇が引き攣《つ》り、ティーナは堪らず嬌声《きょうせい》を上げた。

「あ……ぁ……ンンッ！」

熱く震える粘膜《ねんまく》をグスタヴスの固い指が擦りつけ、ヌチュヌチュと淫らな水音を立てながら押し開いていく。

「……ん、んぅ……、あ、あぁ……はぁ、……はぁ……、も、……もう……っ」

身体の中心で熱い奔流《ほんりゅう》が渦巻いているかのようだった。掠れた声で訴えながら、ティーナは肩口を揺らす。焦れた身体を早く満たして欲しかった。跪《ひざまず》くグスタヴスを、床に引き倒して、無理やり縋《すが》りつきたい衝動に駆られてしまう。

「咥えていろと言っただろう」

グスタヴスはは呆れたように言うと、ふたたびティーナに、スカートの裾を咥えさせようとした。

「もう……できませ……ん……」

先ほどの息苦しさを思い出し、泣きそうに顔を歪める。すると、グスタヴスは毒気を抜かれたように息を飲んだ。

「はぁ……、はぁ……。……て、……手で……持っては……、いけませんか……？」

胸を掴んでいた手でスカートを持ち上げる。だめだと言われたら、どうしたらいいのだろうか。ビクビクと怯《おび》えた瞳で、見つめていると、グスタヴスは頷《うなず》いてくれる。

「まあいいだろう……。そんなに怯えるな。私はひどい真似などしない」

グスタヴスはふたたび秘裂に舌を這わしていく。ヌルヌルとした感触が、肉粒を擦りたてた後、膣孔《ちつこう》にまで入りこんでくる。

「……グスタヴス……様の、舌が……、……熱い舌が……っ、あ、ああっ」

ヌチュヌチュと奥まで擽《くすぐ》られ、ティーナはビクビクと身体を引き攣《や》らせた。もっと、奥まで押し開いて、なにも考えられなくなるほど、熱く灼けた肉棒《にくぼう》を突き上げて欲しかった。だが、望む熱は訪れず、代わりに指が押し込まれてくる。

「ん、んんぅ……っ」

一本。濡れそぼった蜜孔を開いて指が押し込まれる。そしてすぐに、二本目の指が挿《はい》り込んできた。

大きく指を左右に開かれると、熱く震える肉洞《にくどう》に冷たい空気が入り込んで、ビクリと身体が跳ねる。

「……あ、あ、……開いちゃ……、だめです……ぅ……っ」

ブルブルと震えながら訴える。だが、グスタヴスは行為をやめない。それどころか、指を増やしてしまう。

濡襞《ぬれひだ》が三本の指でヌルヌルと擦りつけられ、そのまま上下に抽送《ちゅうそう》されていく。

「ふ……、あ、あぁ……っ」

関節で曲げられた指が、震える襞を擦りつけ、いっそう感じてしまうのをとめられない。

「んぁ……っ、あ、あぁ……。ふぁ……っ」

もっと奥まで。もっと強く。淫らな欲求が昂《たか》ぶり、無意識に腰がガクガクと揺れてしまう。

「……グスタヴス様……、指だけじゃ……や……ですっ……っ」

膨れ上がった肉棒が、内壁の襞を押し開く感触が脳裏《のうり》に過《よ》ぎる。痛くて怖い。だが熱い脈動が勢いよく引き摺り出される喪失感《そうしつかん》は、なにも考えられなくなるほど気持ちよくて、忘れられない。そして、深くまで突き上げて、疼く身体を満たして欲しかった。

ヒクヒクと収斂《しゅうれん》する肉筒《にくづつ》から、グスタヴスは長い指を引き抜く。すると、泡だった蜜が、白い糸を引きながら溢れてきた。

グスタヴスは濡れた指先を、見せつけるように舐め上げる。

「……だめ……、だめです……そんな……。あ……っ」

ティーナは恥ずかしさと疼きに、身体を震わせながら呆然《ぼうぜん》とグスタヴスを見つめた。

「腰が揺れている。それに、こんなに糸を引かせて。……まったくあなたは、……清楚《せいそ》な顔をしているくせに、淫らな身体をしているな」

湧き上がる情欲のままに、淫らな言動や行為をしてしまったことに気づき、ティーナはいっそう瞳を潤ませる。

「ご、ごめんなさ……っ、わ、わたし……」

恥ずかしくて、恐ろしくて、今すぐ消えてしまいたかった。逃げ出そうとするが、グスタヴスに太腿の柔肉《やわにく》を強く掴まれ、どこにも行けなくなってしまう。

「逃げるな。怒っているわけではない」

こんな身体で、グスタヴスの前に居続けていたら、恥ずかしさにおかしくなってしまう。そして、心臓が壊れてしまうに違いない。

「で、でも……っ」

グスタヴスは立ち上がると、逃げ惑《まど》うティーナを壁に押さえつけた。

「言い訳はいい。……私も、堪えられなくなった。ここであなたを抱く……」

トラウザーズを寛《くつろ》がせ、グスタヴスは自らの欲望を引き摺り出す。

固く隆起《りゅうき》した肉棒を前に、ティーナはコクリと息を飲む。

「……べ、ベッドに……」

恥じらいながら告げる。だが、グスタヴスはティーナの秘裂の中心に、膨れ上がった亀頭《きとう》の先を押しつけてくる。

「聞こえなかったのか。……堪えられなくなったと、言ったんだ」

グスタヴスはベッドに行くつもりはないらしい。

「あ、あ……っ」

ティーナの片脚が抱えられ、憤《いきどお》った肉棒が濡襞《ぬれひだ》を割って、ズチュリと押し込まれてくる。

指とはまったく質量も温度も違う感触に、肌が粟立《あわだ》つ。

「……んぁ……っ、はぁ……、あぁ……っ」

破瓜《はか》のときのような痛みはなかった。狭隘《きょうあい》な襞が押し広げられ、固い切っ先が奥へと挿り込んでくる。泡だった蜜に塗《まみ》れた灼けた熱が、淫唇《いんしん》を押し開く。媚肉《びにく》に押し潰される花芯《かしん》が、ジクジクと疼いていた。

「……んんっ！」

待ち焦《こ》がれていた感触に、身体が痙攣《けいれん》する。ティーナは衝動的に背中を仰《の》け反《ぞ》らせた。

頭のなかが、一瞬真っ白になった気がする。

「はぁ……、はぁ……っ」

呼吸を整えようとすると、押し込められた肉棒がズチュヌチュと律動を始めた。

「……あ、あぁ……っ、だめ、……少し待って……、やっぱりベッドに……」

キュウキュウときつくうねる濡襞が引き伸ばされ、グッと奥深くを突き上げられてしまう。

「あう……っ！」

ビクンと身体を仰け反らせ、快感にブルネットを揺らすと、片脚が抱えられた。

これでは逃れることができない。

「ベッドでもあなたを抱く。少しだけ我慢していろ」

違う。そういう意味ではない。ひどくグスタヴスを欲していたせいか、肉棒を突き挿《い》れられただけで、軽く達してしまったような感覚に苛《さいな》まれたのだ。

こんなにも震える襞を、激しく抽送《ちゅうそう》されたら、どうなるのか予測もできない。

「……ま、待っ……っ、あ、あぁっ、……、あぁ」

ティーナは雄を初めて受け入れるわけではない。そのせいか、グスタヴスは容赦《ようしゃ》なく腰を押し進めてくる。

ブルリと体を震わせると、グスタヴスはもう片方の脚も抱えて、ティーナの身体を壁に押しつけた。

「んんぅ……っ！」

身体が重力にさがり、接合が深くなる。グスタヴスはまだ熟《う》れきっていないティーナの媚肉を太い脈動で突き回し、奥深くまで暴《あば》いていく。

「……あ、あっ……、そんなに深く……っ、ん、んんぅ……」

露になったままの胸の膨らみを上下に揺らし、ティーナは淫らに腰を揺らし始めていた。

「なかが締まったぞ。……ベッドよりここがいいのか」

壁の直《す》ぐ向こうは廊下だ。扉の前ならなおさら、声も漏《も》れやすい。

この階には、グスタヴスの部屋以外もある。誰が来るとも解らない場所で、抱かれたいわけがない。

「……違……、違います……っ。あ、ああ……」

否定しようとする。だが、熱く脈動する肉芯《にくしん》を、グスタヴスは容赦《ようしゃ》なく突き上げてくる。

「そんなに揺さ振らな……、んんんぅ……」

甘い喘ぎ混じりの声で訴えた。だが、グスタヴスは抽送をやめるどころか、いっそう強く腰を振りたくってくる。

収斂する襞《ひだ》を擦りつけながら、快感に下がった子宮口が固い亀頭に抉《えぐ》られる。

「熱い……の……っ、グリグリしな……でぇ……」

仰け反りながら嬌声《きょうせい》を上げるティーナの脚を抱え直し、太い幹で敏感な入り口を開き、淫唇まで嬲《なぶ》ってきた。

「……私の子が孕《はら》みたいのだろう。拒むな。受け入れろ」

亀頭の根元まで引き摺りだされ、張り上がった切っ先で襞を擦りつけながら、奥まで突き上げられていく。その激しい抽送に、ティーナは身悶《みもだ》えてしまう。

「でも……。そ、そんなに強くされたら……、だ、だめです……っ。わ、私、だめになってしま……んんぁ……、あ、あぁ……」

先走りの液と溢れる花蜜《はなみつ》が混じり合い、ズチュズチュと音を立てて泡立てられていく。灼《や》けついた肉棒の脈動や淫らな造形がひどく鮮明に感じた身体のせいで襞が強く収縮する。肉襞越しに伝わってくる。

「……あ、あぁ……っ!!」

奥深くまで突き上げられ、ぬるついた蜜を掻き出しながら、引き摺り出されていく。激しく腰を振りたくられ、肉を打ちつける破裂音が部屋に響いていた。それが、抽送されるたび湧き上がる粘着質の水音と混じり合い耳に届く。

「んぁ……はぁ、あ、あ、あぁ……っっ」

淫らな音色に、自らの嬌声が混じり合い、恥ずかしさに耳を塞ぎたいのに、その余裕すらなくなっていく。

「……グスタヴス様……」

彼の欲望を受け入れた身体がいっそう昂ぶる。もっと強く、もっと激しくして。身体中でグスタヴスの熱を感じたくて、ティーナはグスタヴスの首に腕を回した。

「……す、好き……っ……すき……。……大好き……。……もっと、もっとしてください……」

官能的な彼の唇を塞ぎ、自ら舌を絡《から》める。

「ん、ンゥ……、ふぁ……」

抽送する熱棒《ねつぼう》も、絡められた舌も、ヌルヌルとしていて、いっそう情欲が煽《あお》られる。

「……どうし……たら、腰……、動いてしまって……、止まらな……です……」

もっと感じる場所を擦り立てて欲しくて、求めるようにティーナは腰を揺らしてしまってい
た。こんな淫らな身体。呆《あき》れられてしまう。やめなければならない。

解っているのに、もっと欲しくて、いっそう激しく腰を振りたくってしまう。

「こうされるのが好きなのか？　ほら。……もっと掻き回してやる」

いっそう強く旋回され、目の前がチカチカとするような感覚に苛《さいな》まれる。

「ん……、あっ……ぅ……ん、ンンッ、はぁ……はぁ……」

ティーナが赤い唇を開いて、荒い息を繰り返す。するとグスタヴスも熱い息を漏らしながら、
くるおしいほど舌を絡め返してくる。

「……はぁ……、んっ、んぅ……」

擦れ合う唇も、ぬるついた舌も、固い歯も、くすぐったい口蓋《こうがい》も、唾液の溢れる舌の裏も、
つるつるとした歯茎《はぐき》も、グスタヴスの口腔のすべてに興奮してしまう。

小さな舌が、もどかしい。もっと長い舌が欲しかった。

奥深くまで舐めしゃぶりたくて、ティーナは角度を変えて、いっそう深く口づける。

「ん……、んぅ……っ！」

だが、苦しさにグスタヴスが、唇を離そうとしてくる。

「……だめ……っ、もっと、キスしたい……です、いや……、……グスタヴス様が……好きです……」

鼻先を擦り合わせながら、グスタヴスはキスを返したり、放したりしながら、薄く笑う。

「キスだけでいいのか」

そして、腰の動きをとめようとする。ティーナは肉茎《にくけい》で貫かれた襞を、キュッと収縮させて、つよく咥え込んだ。

「……だめ……やめないで……ください。……すき……、これも好き。グスタヴス様の……熱いの、……気持ちいいです……、すき……大好き……っ！」

熱に浮かされたように、ティーナは夢中になってグスタヴスを求める。

「いやらしい子だな。……そんなに抱かれることが気に入ったのか」

耳元で低く囁かれ、ティーナは自分がはしたない言動を繰り返していたことに気づく。

「……やぁ……、わ、私……、なんてこと……言って」

ティーナは声を震わせ、グスタヴスにしがみつきながら真っ赤になった。

「……まったく……愛らしすぎて、滅茶苦茶《めちゃくちゃ》にしたくなる……」

嘆息したグスタヴスは、汗ばんだティーナの首筋に唇を寄せた。透けるように白い肌は、しっとりと濡れていて、甘い芳香《ほうこう》を放つ。

「堪《たま》らない。……ここも、ここも男を誘う香りがする」

そのまま強く歯を立てられ、痛みにティーナの身体が萎縮《いしゅく》する。

「ひっ……っん」

内壁の襞《ひだ》まで収縮し、咥え込まされたままの肉茎を締めつけた。打ち震える隘路《あいろ》を、グスタヴスは容赦《ようしゃ》なくズチュヌチュと突き上げてきた。

「……あ、あぁっ。……グスタヴス様……、グスタヴス様！」

仰け反ったティーナは喘ぎ混じりの艶《つや》めいた声で、グスタヴスの名前を呼ぶ。はしたないと解っているのに迫り上がる愉悦《ゆえつ》に頭のなかが真っ白になってしまって、声をとめることができない。

「い、……いぃ……っ。ん、んんっ……！」

ふっくらと膨れた肉洞を灼《や》けた楔《くさび》が埋め尽くし、子宮口を突き上げるたびに、浮遊感に仰け反ってしまう。亀頭の括《くび》れで濡襞を擦りつけながら、引き摺りだされる喪失感《そうしつかん》と排泄感《はいせつかん》に、身震いが走り抜けていく。その繰り返しに、激しい喜悦《きえつ》が迫り上がってくる。

「……はぁ……、あ、あぁ……っ」

抽送されるたびに伝わってくる、熱くぬるついた感触に夢中になって、ティーナは腰を揺らし、身体を波打たせていた。

「気持ちいいのか」

尋ねられる声がどこか遠くで耳に届く。ティーナは夢中になって、ガクガクと頷いた。

「……いいっ、いいです……、気持ちいい……、好き……、グスタヴス様、好き……ぃ」

縋《すが》りついた肩口から伝わってくる体温が心地よくて、いっそうつよく縋りついてしまう。

縦横無尽《じゅうおうむじん》に肉棒を掻き回していたグスタヴスは、低く掠れた声で告げる。

「私もだ。奥に……っ、出すぞ……」

グスタヴスが吐精《とせい》しようとしている。そのことに気づいたティーナは、脚を開いて、奥深くにまで、灼けた楔《くさび》を咥え込む。

「……く……んぅ……」

グッと押さえつけられた恥骨《ちこつ》が、肉粒ごとグリグリと刺激され、のたうつほどの快感が迫り上がっていた。

「……出して……、いっぱい……出して、くださ……いっ。あ、あぁぁっ！」

グスタヴスの子供を孕《はら》める。その機会のすべてを無駄にしたくない。

仰け反ったティーナの身体が、ガクガクと身体が痙攣《けいれん》する。肉棒を引き絞《しぼ》るかのように、襞がうねる。そうしてグスタヴスの膨張した雄の切っ先からが、ティーナの子宮口に向かって、ビュクッビュクッと激しく吐き出された。

「はぁ……、あ、あぁっ！　んんぁ……っ！　はぁ……、はぁ……」

どっと汗が噴《ふ》き出す。激しい情交に疲れ切った身体の力が抜けてしまう。

荒い息を繰り返しながら、ティーナが壁に凭《もた》れてぐったりしていると、ズチュリと萎《な》えた肉《にく》棒《ぼう》が引き摺りだされた。

「……お風呂に……」

汗が珠を結んで流れおちるほど、噴き出てしまっていた。

おぼつかない足で、バスルームに向かおうとするが、いきなり身体が抱き上げられてしまう。

「グスタヴス様……？」

もしかして、運んでくれるのだろうか。そんなことを考えていたが、向かった先は近くの応接セットだった。ティーナは大理石のテーブルにうつ伏せに押しつけられた。

「な、なにを……」

冷たく固い大理石の上に擦れた乳首が、いっそう硬く尖《とが》る。腰を揺らして逃れようとするが、そのまま果実の皮を剥《む》くように、ドレスが脱がされてしまう。

「グスタヴス様？　どうなさったのですか……」

そして後ろから、肉茎が押しつけられ、白濁《はくだく》にヌルついた媚肉《びにく》を擦り立てられ始める。

どうやらグスタヴスは、このままティーナを抱こうとしているらしかった。

「ここ、……や……っ。ベッド……、ベッドがいいです……っ」

「後で連れて行ってやる」

壁際でも同じことを言っていたが、結局ここに連れられてしまった。ティーナはベッドに逃げようとするが、腰を掴まれて逃げられなくされてしまう。

お尻の柔肉《やわにく》の間で、いつしかグスタヴスの肉棒がふたたび角度を持って勃《た》ち上がり始める。

「ん、んぅ……っ。だめです……っ。き、聞いてくださ……っ、あ……っ」

「あとだと私も言っている」

押し問答を繰り返しても、グスタヴスに勝てるわけがなかった。

白濁と蜜にぬるついた媚肉の間で、膨れ上がった雄が、濡れそぼった肉襞《にくひだ》を穿《うが》っていく。

「……あぁ、あっ！」

むっちりとしたお尻の柔肉がグッと長い指に掴まれ、激しく腰を振りたくられる。

冷たい大理石に乳首が擦れるたびに、ビクンビクンと身体を跳ねさせてしまっていた。

「胸……冷たいの……っ、やぁ、やぁ……っですぅ……」

瞳を潤ませながらブルブルと頭を振る。

すると、グスタヴスはティーナの豊満な乳房を後ろから両手で掬《すく》い上げ、淫らに揉みしだきながら、腰を突き上げてくる。

「これでいいのか」

指の腹の間で、ツンと硬く尖った乳首が擦りつけられていく。

押し開かれた淫唇《いんしん》に引き攣った花芯《かしん》と、乳首を同時に弄《いじ》られる感触に、激しい愉悦が身体を走る。

「……同時に弄っては、だめですっ、ほんとうに、だ……めぇ、……っ、んぅ、ふ……ぁ……」

ティーナは切なく眉根を寄せて訴えた。

「なかがうねってるぞ。感じているくせに、文句を言うな」

収斂《しゅうれん》する襞が、激しく突き上げられ、たっぷりと吐き出された白濁を、亀頭の根元で掻き出すようにして、引き摺り出される。ズチュヌチュと激しい水音を立てて、肉棒が抽送されるたびに、頭のなかが霞《かすみ》がかってしまう。

「そんなにされた、おかしく……なっ」

ティーナはしゃくり上げながら訴える。

「……おかしくなればいい。永遠に私の腕のなかから出られないように閉じ込めてやる」

痺《しび》れるような低い声音で、グスタヴスが告げた。

「グスタヴス……様……、なにを……」

ティーナは怯えから腰を引かせようとしたが、胸を揉みしだかれながら、強引に引き寄せられてしまう。

「……あ、あぅ……っ！」

仰け反る背中に、汗が滴《したた》り落ちていく。その感触にすら肌が震えた。

「あなたは、目を離しておけば、すぐに羽虫のように男たちが群がる。いっそ、なにも考えられないほど犯して、どこにも行けなくしてやりたい」

ティーナはいやらしい行為をしたのも、口づけをしたのも、グスタヴスだけだ。

男性に群がれたことなど一度もない。ぜんぶ誤解だ。

「……してない……です、……そんなこと……、私……っ」

懸命に訴えると、最奥《さいおう》まで貫かれるほど、激しく腰を打ちつけられた。

「あ、あぁっ！」

グスタヴスはティーナの身体に覆い被さり、淫らに胸をまさぐりながら、彼女の首筋に熱い舌を這わしていく。

「こんな淫らな身体で、甘い香りを振りまいて、愛らしい笑顔を浮かべて、……」

耳の裏や感じやすい首の裏に這い上がる舌の感触に、ティーナは艶《なま》めかしく身体を揺らすことをとめられない。

「あの放蕩《ほうとう》貴族でなくても、無理強いしたくなるというものだ。このいやらしい身体を前にしたら、理性など無駄になる」

グスタヴスは臀部《でんぶ》と腰がぶつかり合う激しい破裂音が部屋に響くほど、容赦《ようしゃ》なく後ろから肉茎を突き上げてくる。

「……やぁ、あぁ……、大きいので、そんなに突いたら、……ほ、本当に……、あぁぁっ」

脈動する肉棒の太い根元で淫唇が嬲《なぶ》られ、ヒクヒクと後ろの窄《すぼ》まりがヒクつく。

「……んぁ……っ」

「あなたに触れている者を見ると、女だと解っていても、姉にすら苛立《いらだ》つ。治療だと解っていても、医師にすら殺意が芽生《めば》える。……いっそ、壊して、どこかに閉じ込めてやりたくなる」

劣情を吐露《とろ》したグスタヴスは、固い切っ先でゴリゴリと子宮口を責め立てた。

「あ、ああっ、だめ……っ、だめですぅ……。突かな……でぇ……、そんなにしたら、奥から破れちゃ……」

容赦なく腹部を中から押さえられる感覚に、ガクガクと身体が痙攣《けいれん》する。

絶頂を迎えたばかりの感じやすい身体を嬲られ、ティーナは唇を開いたまま、赤い舌を覗かせ、甘い嬌声《きょうせい》をあげた。

「……優しく……してくれないと……、いや……です……っ。うぅ……」

豊満な胸の膨らみを揺らしながら、しゃくり上げると、グスタヴスがこめかみにチュッと口づけてくる。

「まったくあなたは、……身体は破れたりしませんよ」

いきなり敬語で囁かれ、ティーナは目を瞠《みは》った。溢れそうな涙もとまるぐらいの衝撃だった。

「……っ⁉」

すると、グスタヴスは小さく息を吐いた。

「ああ。隠してもしょうがないので言いますが、こちらが素なので、慣れてください」

やはりグスタヴスは他人に近づかれないようにするために、わざとぞんざいな口調で話していたらしい。

ティーナを妖精だと思い込んで敬語で話していた、あのときこそが、素だったのだ。

狼狽《ろうばい》するティーナの身体を、グスタヴスは優しく引き寄せた。

「もう泣かないでください。望み通り、優しくしますから。……あなたのなか、熱く吸いついてきますよ。……気持ちいいのでしょう？」

グスタヴスにゆるゆると肉竿《にくざお》を押し回され、ビクリと身体が跳ねる。

「……ひっんぅ……っ!!」

仰け反りながら、ヒクヒクと咽頭《いんとう》を引き攣らせていると、敏感な肉粒が指で擦り立てられ始めてしまう。

「あ、ああ、あ……っ。い、今、触っちゃ……あ、あぁ……、いや、いや、……クリクリしないで、触ったらだめです……っ」

総身を揺すり立てながら、アイスグレーの瞳を潤ませ、ティーナは懸命に訴える。だが彼の手はとまらない。

「言いなさい。……気持ち、いいですか」

優しくすると言ったばかりなのに、ぞんざいな口調で話していたときよりも、恐ろしく感じるのはなぜなのだろうか。

「……あ、あ……っ」

　胸を揉まれながら、乳首を擦りあげられるのも、ふっくらと充血した肉粒を弄《いじ》られるのも、熱く震える襞《ひだ》を灼《や》けた肉棒で掻き回されるのも、火照《ほて》った肌同士が触れ合うのも、彼の視線を感じるのも、熱い吐息を吹き掛けられるのも、なにもかもすべてが気持ちいい。

　ずっと。ずっとこうしていたい。

　グスタヴスの熱を感じて、なにも考えられなくなっていたかった。

　ティーナはグスタヴスの問いに、ガクガクと頷くことで答える。

「言葉にしなさい」

　支配する声に、ティーナは逆らえない。

　すべて彼の言いなりになるから、このままずっと満たしていて欲しかった。

「き……気持ちいいですっ、……グスタヴス様……の、……、お、……おっきぃ……おちんちん……で……、グリグリされるの、……好き……ぃっ、大好き……！」

　激しい情欲に翻弄《ほんろう》されながら、懸命に訴える。

「あなた、あがり症かと思えば……、こんなときだけ……」

　無理やり答えさせたのはグスタヴスだ。それなのに、彼は声を震わせながら、激しく動揺していた。

「……まったく、あなたという人は……。いいでしょう。私の子供が欲しいのなら、望み通り、孕《はら》むまで犯してさしあげますよ」

薄く笑ったグスタヴスは、自分がなにを言ったのか、いまいち理解していないティーナを、いっそう執拗《しつよう》に責め立てた。

第六章　淫らな執着

ホテルの階下にあるレストランで、ふたりは白いクロスの敷かれたテーブルを挟《はさ》んで、向かい合わせに座っていた。

食事が来るまでの間、グスタヴスは赤ワインを、ティーナはレモンペリエを飲んで待っている。炭酸とレモンの甘酸《あまず》っぱい匂《にお》いが、火照《ほて》るティーナの身体《からだ》を心地よく冷ましてくれた。

だが、グスタヴスは不機嫌な表情を崩《くず》そうともしない。

「やはり部屋に帰らないか……？　あなたの頬《ほお》が薔薇《ばら》色になったままだ。そんな顔を他の男にみせたくない」

独占欲を露《あらわ》にした言葉を告げられ、ティーナは目を瞠《みは》る。だが、すぐにそれはお世辞だと気づいた。

「もう、グスタヴス様ったら。私にそんな甘い言葉で誤魔化《ごまか》そうとしてもだめです。……ここでお食事しましょう」

ティーナが窘《たしな》めると、グスタヴスは苛立《いらだ》ったように続けた。

「誤魔化しではない。本当のことだ。ここに来る間にも、ふらついて転びそうになったあなたを、着席していた貴族が助けようと立ち上がる姿を、何人も見かけた。……私が手を添えているにもかかわらずだ。つまり、奴《やつ》らはあなたしか見ていない証《あかし》だ」

グスタヴスは素である敬語から、また人を避《さ》けるための不遜《ふそん》な喋《しゃべ》り方に戻ってしまっている。視線もどこか落ち着かない。きっと部屋に帰りたいだけなのだろう。グスタヴスはティーナに触れられるようになったが、相変わらず他人とは話したくないと言っている。

少しでも接触《せっしょく》恐怖症を治してもらうために、せっかく人の多い場所に連れて来たのだ。帰ってしまっては意味がなくなってしまう。

「もう注文してしまったのですから、お食事が無駄《むだ》になります」

ティーナが笑顔で懐柔《かいじゅう》しようとすると、グスタヴスは肩をすくめる。

「部屋に運ばせればいいだけだろう。忙しいとき、私はいつもそうしている」

つまり忙しくないときは、自分で食事を作っているということだ。だが、ティーナは料理がまったくできない。これではグスタヴスのお嫁さんにはなれない気がする。

ティーナは息を飲む。

「どうした？　なにか気に入らないのか」

ティーナが顔色を悪くしたことに気づいたグスタヴスは、怪訝《けげん》そうに尋《たず》ねた。だが、グスタヴスに呆《あき》れられるかもしれないと思うと、言葉にならない。

「またつまらないことを悩んでいるのか。いいから、言ってみろ」

ティーナは次第に涙目になってしまう。

「浮気以外なら、許してやる。だから言え」

冗談を言っているのかと思ったが、グスタヴスは真面目《まじめ》な顔をしていた。本当に許してくれるのだろうか？　ティーナは恐る恐るグスタヴスに告げる。

「……わ、……私、……料理が……、できないんです……」

だが、緊張に声が引き攣《つ》ってしまっていた。

料理に対して、やる気は充分あるほうだと思う。しかし、ついつい色味が足りない気がして、いろんなものを追加してしまう。そして、おかしくなった味を直すために、さらなる調味料を追加して、結局誰にも食べられないものを作ってしまうのだ。

「そんなことか。あなたに包丁を握《にぎ》らせるつもりなど初めからない。安心しろ」

どうしてグスタヴスは、ティーナに包丁を握らせるつもりがなかったのだろうか？　不思議になって首を傾《かし》げる。すると、グスタヴスはニヤリと人の悪い笑みを浮かべた。

「怪我《けが》をするのが解《わか》っていて、子供に刃物を持たせる者などいないだろう」

ティーナは子供などではない。真っ赤になって反論する。

「私は子供ではありませんっ」

握り拳《こぶし》を作って、グスタヴスを叩《たた》こうとするが、手が届かない。その姿を、彼はクスクスと笑って見つめた。

「それが、子供だというんだ。大人の女なら、なにを言われても平然と受け流せ」

「大人だと証明してみせます」

ティーナが慌《あわ》てて居住まいを正し、平然とした振りをしようとしたとき。

グスタヴスは、彼女の手を摑《つか》んで、チュッと指に口づける。

「噓《うそ》だ。……あなたは、そのままでいい。……幼《おさな》いところも、すべてが愛らしいのだから」

いきなりの口説《くど》き文句。しかも、自分にだけ触れてくれる彼の唇《くちびる》。

これで、心がときめかない女性などいない気がする。ティーナは恥ずかしさのあまり言葉も返せず、ただ赤い唇をパクパクと開けたり閉じたりを繰り返していた。

――だが、そのとき。

「これはどういうことだ！」

いきなり真隣から怒鳴りつけられる。

驚いて顔を向けると、そこには、ティーナに間違えて結婚を申し込んだロブ・ディセットと、彼の父親である伯爵《はくしゃく》が立っていた。

「ティーナ！　お前は私の息子と婚約をしているはずだ。どうして、グスタヴス様とそんなに親密そうにしているんだっ！」

ティーナは呆然《ぼうぜん》としてしまう。ロブは父親の誤解をといて、婚約話をなかったことにしてくれたのではないのだろうか。

ロブを見つめると、彼は申し訳なさそうにこちらを見返す。どうやら、伯爵は誤解したままだったらしい。

「ち、……ちが……っ」

否定しようとするが、緊張のあまり言葉が出なかった。グスタヴスに、理由を話そうとして顔を向ける。すると、彼は侮蔑《ぶべつ》の眼差《まなざ》しをこちらに向けていた。

「……っ！」

ゾッと血の気が引いた。ティーナはいっそう言葉を発することができなくなってしまう。

「待ってくれ。親父《おやじ》っ。俺の話を聞いてくれって、言っただろう。そのために、邪魔《じゃま》の入らない場所に連れて来たんだ」

ロブの父親は貿易商を営んでいる。家では、仕事が舞い込んでしまうため、話をするために、ロブは父親をここに連れて来たらしい。だが、今は状況が悪すぎた。

「……あなたは、私の両親とは違うと信じていたのに……」

グスタヴスは、そう呟《つぶや》くと、ティーナを置いて席を立ってしまう。

ティーナは慌《あわ》てて、後を追おうとした。だが、ロブの父に腕を摑まれる。

「どういうことだ。説明してもらおうか」

その間にも、歩幅の広いグスタヴスはレストランの入り口から出て行ってしまう。

ティーナは声を出して、彼を呼び止めることもできなかった。瞳《ひとみ》の奥がジンと熱くなり、目の前が滲《にじ》んでくる。

「お前がそんなふしだらな女だとは思ってもみなかったぞ！　ずっと目をかけてやっていたのに！　純粋そうな顔をして、最低の女だなっ」

ロブの父親の罵倒《ばとう》が、浴びせかけられた。だが、どこか遠くで掠《かす》れて聞こえる。

結婚もしていない相手を縛《しば》りつけて、強引に契《ちぎ》りを交わさせた。誤解されても、真実を伝えるための言葉すら紡《つむ》げない。そして、せっかく心を開きかけてくれたグスタヴスを、いっそう傷つけた。

確かにティーナは、最低の女だ。

「……っ」

ティーナが大粒の涙を零《こぼ》したとき。ロブが声を張り上げた。

「いい加減にしてくれ！　誤解なんだ！　俺が昔から好きなのは、アメリアなんだよ！」

すると、ロブの父親は唖然《あぜん》として、息子を見つめた。

＊＊　＊＊　＊＊

ロブの好きな相手はアメリアで、父親の勘違いでティーナに婚約を申し込んだこと。さらに息子が照れているのだと思い込んだせいで、今まで話ができなかった。

そのことをやっとロブの父親は理解してくれた。そして、ティーナを罵倒したことを謝ってくれたのだった。しかし、グスタヴスは深く傷ついたまま、どこかに行ってしまった。

もしかしたら部屋に帰ったのかもしれない。だが、ロブの父親の罵倒が頭にこびりついて、ティーナはグスタヴスのもとに、足を向ける勇気が湧かなかった。

「……私みたいな女じゃ……。きっとグスタヴス様は幸せになれない……」

ふしだらで、最低な女。

淫《みだ》らな行為に喘《あえ》いで、昼間もグスタヴスに縋《すが》りついていたことが思い出される。

ロブの父親が告げた言葉は真実だ。

脳裏《のうり》に過《よ》ぎるのは、グスタヴスの侮蔑の眼差しだ。もうあの瞳を前にしたら、ティーナはきっとなにも言えなくなってしまう。

食事もせずにレストランを出たティーナは、ふらふらとホテルの中庭に向かった。

瀟洒《しょうしゃ》なホテルの部屋の数々を見上げることができる場所で、カンパニュラ、フェンネル、ベロニカ、バラ、アイリス、クレマチスなどいろいろな花や木が植えられている。中央にあるのは、豊かな水を湛《たた》える噴水だ。

グスタヴスの部屋を見上げる。するとカーテンは開けられたままで、部屋の灯《あか》りがついていた。どうやら彼は部屋に帰ったらしい。

今すぐにでも、誤解をときに行きたかった。だが、緊張するとまったく声が出なくなってしまうティーナが、激怒しているグスタヴスを前に、なにを言えるだろうか。

謝るどころかいっそうグスタヴスを傷つけるかもしれない。

噴水の石段に力なく腰かけたとき、ドレスのポケットに、以前ジョシュア王子から受け取ったガラスの小瓶《こびん》が入っていることに気づいた。

ジョシュアはこれを、心の栄養剤だと言っていた。ティーナはお守りの代わりにして、ずっと小瓶を持ち歩き続けていたのだ。

いちどしか利《き》かない魔法。もしかして、本当にティーナを助けてくれるのだろうか。

「……」

恐る恐る小瓶の蓋《ふた》を開ける。そして、なかに入ったルビー色の液体を飲みかけた。

だが、口に入る直前でティーナは飲むのをやめた。これを使うのは、人の助けを借りるのと同じだと。自分に言い聞かせていたのを思い出したからだ。

どれだけ辛《つら》くても、怖くても、大好きなグスタヴスの傍《そば》にいるために、最善のことをしようと心に決めたはずだ。そして、人に迷惑をかけずに、自分の足で立ちたいと願ったはずだ。

ティーナが傾《かたむ》けかけた小瓶をもとに戻そうとしたとき。

「おい、ティーナッ！」

いきなりロブに大声で名前を呼ばれてしまい、驚いたティーナはルビー色の小瓶の中身を、口の中に注いでしまう。

「……っ！」

口腔《こうこう》いっぱいにラズベリーの甘酸《あまず》っぱい味が広がる。だが、同時に噎《む》せ返るようなアルコール臭《しゅう》がした。

——これはお酒だ。ティーナは慌てて吐き出そうとする。

「ティーナッ、許してくれ！」

だが、もういちど大声で呼ばれた拍子に、コクリと飲み込んでしまう。

「……っ⁉　ン、んんっ！」

ティーナはまったくお酒が飲めない体質だった。過去に姉が漬けている果実酒から、溶け残った氷砂糖を勝手に取り上げて舐《な》めたことがあった。キラキラとした氷砂糖が綺麗《きれい》で、どうしても誘惑に勝てなかったのだ。

そのときティーナは、『今日からウサギさんになるの』とバカなことを言って、ケラケラと笑い出し、あげくにいきなり倒れてしまったらしい。

大人になったからといって、いきなりお酒が飲めるようになるものなのだろうか。

オロオロと狼狽《ろうばい》していると、次第に喉《のど》の奥から身体中が熱くなってしまう。

「あ……っ」

頭の中心が揺らいで、グラグラしてくる。どうしていいか解らず、ティーナは泣きそうになりながら、ロブを見つめた。

すると、彼はコクリと息を飲む。

「……ど、どうしたんだティーナ……。そんな……、赤い顔をして……」

「ロブ兄様……。……わ、私……」

アイスグレーの瞳を潤《うる》ませていると、ロブは彼女が手に持っていた小瓶を取り上げた。

「なんだ、これは？」

ロブは、訝《いぶか》しげに呟くと、小瓶の底に残された液体の匂いを嗅《か》いだ。

「酒の匂いがする。……これを飲んだのか？　お前は酒が飲めないはずだろう？　バカだな。俺が邸《やしき》まで送ってやるから、肩に摑まれ」

ロブはそう言って、小瓶の蓋を閉めると、ティーナに肩を貸してくれようとした。

——だが、そのとき。

「……離れろ。……私の女に指一本でも触れてみろ。貴様を噴水の底に沈めてやる」

中庭に唸《うな》るような声が響《ひび》いて、ロブが身体を強張《こわば》らせる。

「あ……。グスタヴス様。先ほどは俺の父がすみませんでした。……誤解なんです。俺はティーナじゃなくて、姉のアメリアが好きなんです。だから婚約なんて」

ロブは誤解をとこうとしてくれた。だが、グスタヴスは、石畳《いしだたみ》の上をカツカツと靴《くつ》を鳴らして近づくと、いきなりティーナの身体を奪い取る。

「つまり貴様は、ティーナを好きでもないのに婚約を申し込み、あげくに私たちの仲を裂《さ》こうとしたわけか？」

グスタヴスが忌々《いまいま》しげに言い放つ。ロブはかわいそうなぐらい腰が引けていた。

「……父が早とちりしてしまっただけで……。……悪気があったわけでは……。それに、父の誤解をとくまで、待っていて欲しいと、ちゃんとティーナにも頼んでいたんです」

まさかこんなにも長い時間がかかってしまうとは、ロブも思っていなかったのだろう。

「ティーナの姉が好きだと言ったな。それなら教えてやろう。彼女は今頃、ジョシュアの寝所《しんじょ》のなかにいる。解ったら二度とティーナに話しかけるな。目障《めざわ》りだ。今すぐに消えろ」

そう言うと、グスタヴスはロブの手から、小瓶を取り上げる。

「……う、嘘だ……。アメリアが……ジョシュア殿下《でんか》と⁉　お、俺は信じない……。明日話を……」

ロブはフラフラとした足取りで、ホテルのロビーのほうへと去っていく。

「ティーナ。これを飲んだのですか？」

訝《いぶか》しげにグスタヴスは尋《たず》ねる。ふたりきりになると、彼はいきなり敬語になった。

そして、ロブがしたように、小瓶の蓋を開けて匂いを嗅ぐ。

「……酒ですね……」

「ジョシュア殿下が……くださったのです……、勇気が出ると……」

しかし、勇気のでるはずの栄養剤は、いっそうの自己嫌悪《じこけんお》を生むばかりだ。

泣きそうになって、俯《うつむ》く。

もう二度と近づけないと思っていたグスタヴスが目の前にいる。そう思うだけで、ティーナは涙が零《こぼ》れてしまう。

「……グ、グスタヴス様……。……ごめんなさい……。こ、……婚約は……、なかったことだと、……思って……いて……」

もとより婚約した期間などなかったも同然だ。最初に話を聞いた時点で、ティーナはグスタヴスに想いを寄せていたため、受け入れなかったのだから。

「すみません。ティーナ。……動揺《どうよう》のあまり、あなたにひどいことを言ってしまいました。すぐに後悔して、窓からあなたの姿が見えたので、ここに来たのですが……。危うく他の男に、あなたを触れさせるところでした」

グスタヴスは安堵《あんど》の息を吐いて、ティーナを抱き締める。

ロブは邸に送ってくれようとしただけだ。それなのにグスタヴスは、ティーナがまるで暴漢かなにかに狙われていたように言い放つ。

「……部屋に行きましょう。あなたは、少し水を飲んだほうがいい」

しかし、ティーナはブルブルと頭を横に振って拒絶する。

「わ、私……、最低な女で……。きっと……グスタヴス様には、ふさわしくないんです……」

ロブの父の罵倒が、頭のなかでなんども繰り返す。あんな風《ふう》に激怒した男性に、罵倒されたのは、生まれて初めてだった。

酒に酩酊《めいてい》しているため、感情が高ぶったまま鎮《しず》めることができない。ティーナは自分でも、なにを言っているのか、解らなくなっていた。

「……か、……帰ります……。い、今まで……本当に、ありがとうございました……。最後にお会いできて……本当に……、嬉しかったです……」

頭を下げて帰ろうとした。だが、前にすすめない。後ろからグスタヴスがティーナを抱き締めていたからだ。

「動揺して私が言ってしまったことなら、忘れてください。あなたは私の両親とは違う、それに最低の女なんかじゃない。……私がこの世で最も愛する人です」

「……で、でも……。私……」

グスタヴスの言葉は嬉しい。だが、自分が彼に愛される価値があるとは思えなかった。

「まったく、ジョシュアはなにを飲ませたのですか。まるで悪い毒を与えられたかのようですね」

そう言って、グスタヴスは深い溜息《ためいき》を吐《つ》くと、ティーナを強引に担《かつ》ぎ上げた。

「お、おろしてくださいっ！」

ティーナが懸命《けんめい》に訴《うった》えるが、グスタヴスは聞きいれようとしない。

「聞き分けなさい。……あなたは、私の傍に生涯《しょうがい》いるんです。どこにも行かせない。父親の待つ邸にも戻れないと思いなさい。部屋に帰りますよ」
＊＊　＊＊　＊＊

グスタヴスは、ティーナを抱えたまま部屋に戻ると、そのまま寝室に直行した。そして、ティーナは、ベッドの上にそっと横たえさせられる。

「……グスタヴス様……？」

ジョシュアに渡されたお酒に酩酊しているティーナは、ふわふわとした気分で彼の名前を呼んだ。グスタヴスは、なぜかとても機嫌が悪そうだ。

「どうか……なさったのですか……」

彼の強張《こわば》った顔に、ティーナは手を伸ばそうとする。

「……あっ！」

だが、ティーナの手は遮《さえぎ》られ、痛いぐらいグスタヴスに指を摑まれた。

「……黙りなさい。二度と私から離れないように、あなたが誰のものか、その身体に教え込んで差しあげます」

忌々しげに呟くと、グスタヴスはティーナの身に纏《まと》っているドレスを脱がし始める。抗《あらが》おうとするが、強引にねじ伏せられてしまった。

「……グスタヴス様。なんだか……お顔がとても……怖いです……」

ティーナは困惑して尋ねる。すると、グスタヴスは小さく溜息を吐いた。

「私があなたを傷つけるわけがないでしょう、いいからおとなしくしなさい」

グスタヴスにきっぱりと断言されると、ティーナは顔が自然と綻《ほころ》んでしまう。

「ふふ。……はい」

グスタヴスに愛されている。そのことを教えられるような言葉のひとつひとつが、ひどく心地よかった。

「……ありがとう、……ございます……」

微笑《ほほえ》みを浮かべると、頰《ほお》が緩《ゆる》んでしまって、トロリと目尻《めじり》が下がる。

お酒に酔ってしまったせいで、身体がひどく熱かった。頭のなかがふわふわして、考えがまとまらない。少しでも楽になりたくて、ティーナはリネンの上で肩口を揺らした。

「……ん……。ふ……あ……。……はぁ……っ」

ティーナは豊かなブルネットを波打たせながら、熱い吐息を漏《も》らす。すると、グスタヴスが忌々しげな表情で上にのしかかってくる。

「酔うと色気が増して、いっそう質《たち》が悪くなるのですか？　……よく解りました。今後はあなたには、外での飲酒を一切禁止していただきます」

グスタヴスはムッとした様子で呟《つぶや》く。外でなくても、ティーナは二度とお酒を飲むつもりはなかった。今日も心の栄養剤だとジョシュア王子に言われていたから、間違って口にしてしまっただけだ。自《みずか》ら望んでお酒を飲んだわけではない。

お酒を飲んだことは、不可抗力だとは思っていた。だが、あまりに不機嫌そうなグスタヴスを前に、ティーナはつい謝ってしまう。

「あ、……謝りますから……、そんなに怖い顔をしな……ンンゥッ！」

だが、言葉を言い終わる前に、グスタヴスは、ティーナの唇を強引に塞《ふさ》いできた。

グスタヴスのヌルリとした熱い舌《した》が、ティーナの口腔《こうこう》に押し込まれてくる。

「……く……ンンッ……う……」

蠢《うごめ》く舌をなんども擦《こす》りつけられ、溢《あふ》れ出る唾液《だえき》を吸い上げられた。艶《なま》めかしくも、疼《うず》くような感触に、ティーナの身体がブルリと震えてしまう。

「はぁ……、ん、んんぅ……」

いきなりの口づけに驚いたものの、ティーナは彼の唇や舌を拒《こば》むつもりはなかった。

「……あ……、んぅ……、ん……」

ずっと他人を拒んでいたグスタヴスに触れられるだけで嬉《うれ》しい。もっと境目もなくなるぐらいに、もっと蕩《とろ》けあうぐらいに口づけていたいと願っているぐらいだ。

そうして、ふたりはヌチュヌチュと卑猥《ひわい》な水音をたてながら、舌を絡《から》ませ合う。すると、グスタヴスは、淫《みだ》らな口づけを次第に激しくしていく。

「ん、んぅ……。ふぅ……あ……っ」

彼に触れられるまで、誰とも口づけたことのなかったティーナは、キスの要領をまったく把《は》握《あく》していなかった。だから、うまく息が吸えずに、喘《あえ》いでしまう。

「……はぁ……、グスタヴス様。……そ、そんなに……強くしたら……苦し……です……、んんぅっ……！」

酸欠を引き起こしているせいで、いっそう酔いが回ってしまいそうだった。

息を乱しながら、ティーナはグスタヴスに手を伸ばし、彼に縋《すが》りつく。触れ合う肌が熱くて堪《たま》らない。ティーナの身体が酔いのせいで、ひどく火照《ほて》っているせいだ。

「……グスタヴス様……」

ティーナは瞼《まぶた》を閉じて、自分からグスタヴスの唇に口づける。柔らかな感触に、ジンと胸の奥が震えた。もっとグスタヴスに触れていたくて、ティーナは勢いに任せて、彼の身体をベッドの上に押しつける。

形勢を逆転し、仰向《あおむ》けになったグスタヴスを、ティーナは組み敷く格好《かっこう》となった。

「あなたって人は……。そんなに私を押し倒すのが、好きなのですか？」

尋ねられた言葉に、ティーナは大きく頷く。

「好き……。……グスタヴス様が大好き……」

素面《しらふ》だったなら、決して告げられない言葉を、ティーナは笑顔を浮かべながら、なんども繰り返す。

──しかし。

「好いてくださるのはとても嬉しいのですが。この間、私を縛《しば》りつけたときのように、好き勝手できると思わないでください」

瞳の笑っていない笑みを浮かべながら、グスタヴスは冷たく告げてくる。ティーナは、グスタヴスを見下ろしながら、しょんぼりと唇を尖《とが》らせる。

「……グスタヴス様に、触れては、……いけませんか……？」

彼の身体中に触れて、温《ぬく》もりを感じたかった。痛いことも悪いこともしないから、身を任せて欲しくて堪らない。

ティーナはキュッとグスタヴスの袖《そで》をひっぱり、じっと彼の顔を見つめる。

「知りません」

ぷいっと顔を逸《そ》らされるが、ティーナは負けずに彼の顔を覗き込む。

「……少しだけで、いいですから」

甘えるような声で囁《ささや》くと、グスタヴスは仕方なさそうに溜息を吐いた。

「ああ、もう……。かわいい顔をしているからって、なんでも人が言うことを聞くと思わないでください。まったく呆《あき》れたものだ」

叱責《しっせき》されて、しょんぼりとティーナが俯いたとき。

ポンとティーナの頭にグスタヴスの手がのせられて、そのままグリグリと頭を撫《な》でられた。

慈愛《じあい》の込められた優しい感触だ。

「少しだけなら構いません。しかし、つまらない悪戯《いたずら》をしたら、すぐにあなたを引き剝《は》がしますよ」

「……？」

告げられた意味が解らず、ティーナは首を傾《かし》げる。

「触《ふ》れてもいいと言っているんです。その代わり、悪戯をしたら、罰を与えますから。いいですね」

どうやらグスタヴスは、ティーナに身体を触れさせてくれることにしたらしい。

「いいの、ですか……」

勝手な思い込みで無理強いをしたため、グスタヴスは二度とティーナに身体を預けてくれることはない。そう信じていた。ティーナは、驚きのあまり、目を丸くしてしまう。

「ええ。いつまでもそんな暗い顔をされていては、不愉快ですから。……仕方なくですよ？望んで好きにさせるわけではありませんから、誤解しないでください」

「はいっ、ありがとうございます」

ティーナはきっちりと嵌《は》められたグスタヴスのシャツやウェストコートのボタンを、すべて外してしまう。すると、筋肉質な胸が露《あらわ》になった。

そっと指を伸ばして触れてみると、しっとりとしていて、触り心地のよい肌質をしていた。

もっと触れてみたくて、ティーナはグスタヴスの胸元に顔を近づける。

「吸ってみてもいいですか」

答えはなかった。ティーナは沈黙を了承《りようしよう》と受け取り、彼の首筋をチュッと吸い上げた。

唇の痕《あと》が薄っすらと残ると、なんだかゾクゾクするような征服欲が湧き上がってくる。

もっと強く、もっとたくさんの痕を、グスタヴスに刻みたい。

「わぁ……赤くなりました。……もっとしたいです」

ティーナが瞳を輝かせながら、グスタヴスに告げると、彼は無表情のまま、ティーナの首筋に顔を近づけ、柔肌《やわはだ》を強く吸い上げてくる。

「ひ……シンッ。い、……痛い……です……」

涙目になりながら、訴えると、グスタヴスは当然とばかりに肩を竦《すく》めてみせる。

「そうでしょうね。わざと痛くしたのですから」

どうしてそんないじわるをするのだろうか。ティーナは涙目になってしまう。

「ひどいです……」

悲しい気持ちでグスタヴスを見つめると、彼は続けて言った。

「あなたと同じことをしただけです」

ティーナが面白《おもしろ》がって吸い上げた肌も、どうやら同じように痛かったらしい。

そんなことまで考えが及ばなかった。途端にティーナは申し訳なくなってくる。

「ごめんなさい。……グスタヴス様。ここ、痛かったですか……」

「ええ、とても」

赤い鬱血《うっけつ》の残るグスタヴスの首筋に、ティーナはそっと指を這わした。こうして見ると、確かに赤い鬱血は痛々しい。

「本当にごめんなさい」

ティーナは赤く小さな舌を伸ばして、鬱血を残した場所をひとつずつ丁寧《ていねい》に舐《な》めていった。

これで、もう痛くないだろうか。

じっとグスタヴスを窺《うかが》うと、心なしか彼の首や耳殻《じかく》が赤くなっている。そして、ティーナの後頭部が引き寄せられ、首筋に顔が埋められた。

「……グスタヴス……様……？」

どうしたのだろうか？　疑問に思ったのも束の間、いきなりグスタヴスが、ティーナの首を舐め上げてくる。啄《ついば》んだり、ねっとりと舌先で擽《くすぐ》ったりされると、淫らな声を上げそうになってしまう。

「あっ……、や……、やぁ……ンンッ。は、放してくださ……い……っ」

ビクビクと身体を震わせるティーナを、グスタヴスは愉《たの》しげに見つめていた。

「どうして？　私もあなたと同じで、痛くしたことの謝罪のつもりで舐めたのですが」

グスタヴスは解っていてやっているのだ。ティーナは悔《くや》しさに、じっと睨《にら》みつけるが、彼は反省しているようには見えなかった。これでは、なにを言っても無駄だろう。それならば、不毛な喧嘩《けんか》よりも、少しでも長くグスタヴスに触れていたい。

「首よりも、……グスタヴス様の舌を……舐めたいです……」

刃向かうことをやめたティーナは、甘える声音《こわね》で、グスタヴスに尋ねる。触れてもいいと答えて欲しかった。その言葉を聞いたグスタヴスは、呆れた様子で呟く。

「まったく、この酔っ払いには呆れます。……あなたは、本当に質《たち》が悪い人ですね」

だが、グスタヴスはティーナを拒まず、甘い口づけを与えてくれる。

「……ん、……ふぁ……っ」

クチュクチュと舌を絡ませ合い、角度を変えながら、なんども口づけていく。ぬるついた感触に、息を乱していると、ティーナの下肢《かし》にグリグリとした硬い感触が当たっていることに気づいた。

視線でその場所を辿り、息を飲む。視線を追って行き着いた場所が、グスタヴスの下肢の中心だったからだ。口づけを繰り返しながら、固い膨《ふく》らみを押しつけられていると、淫らな欲求が迫り上がって、堪えきれなくなってしまう。

「はぁ……あ……っ」

グスタヴスの唇が離れたとき、ティーナは情欲に赤く疼いた唇を震わせながら、彼に尋ねる。

「……グスタヴス様のここ、舐めてもいいですか……？」

熱い感触を指で辿り、布越しにそっと擦る。

「お断りします。……酔ったあなたに、そんなことをさせたら、勢いで嚙《か》みつかれそうですから」

素っ気なく返され、ティーナはプルプルと頭を横に振った。

「……そ、そんなこと、……しません」

確かにグスタヴスの首筋を見ていると、強く嚙みつきたい衝動に駆られる。だが、無節操にどこでも嚙みつきたくなるわけではない。懸命に訴えるが、ティーナの申し出は却下《きゃっか》された。

「それでも、だめです」

グスタヴスはツンと顔を逸らしている。この様子では聞きいれてもらえそうになかった。

「もういいですっ……。ほ、他のところ、……舐めますから……」

ティーナはグスタヴスの手を摑む。

「なにをするつもりですか」

グスタヴスに怪訝《けげん》そうに尋ねられる。だが、ティーナは笑みを浮かべるだけでわざと答えなかった。さっきグスタヴスに断られたことの意趣返《いしゅがえ》しのつもりでしたことだ。だが、彼の瞳が微《かす》かに細められるのが視界に映り、すぐに後悔してしまう。
だが、後に引くつもりはなかった。
「……ん……っ」
大きく唇を開いたティーナは、グスタヴスの指を深く咥《くわ》え込んだ。少しだけ塩気のある指を
チュッと吸い上げて、関節や指の付け根にまで舌を這わせていく。
「はぁ……っ、んん……」
固い指が、舌の上を掠《かす》める感触に、ゾクゾクと震えが走った。唾液の滴《したた》るグスタヴスの指を
チュッと舐めしゃぶったとき、膨れ上がった欲望が、グリッとティーナの太腿《ふともも》を刺激する。
「……あ……、熱いの……、当たって……」
官能に疼いた身体がひどくグスタヴスを求めていた。ティーナは震える手でスカートを捲《めく》り
上げると、じっと彼を見つめた。
「んんっ」
熱い息を漏らすと、羞恥《しゅうち》からいっそう頬が熱くなる。湧き上がる劣情《れつじょう》に乱されるままに、テ
ィーナは消え入りそうな声で、グスタヴスに甘く囁いた。
「……ま、……前みたいに、……いっぱいグリグリしてください。ここ、グスタヴス様の熱い
コレで擦って……欲しいです……」

媚肉《びにく》の間を、膨《ふく》れ上がった固い肉棒《にくぼう》が擦りつけられた感触が忘れられない。誘うような甘い声で懇願《こんがん》するティーナを前にグスタヴスは、頭を押さえる。

「……今度あなたが酔ったときは、私も泥酔《でいすい》することにします」

「？」

どうしてか解らず、ティーナは首を傾《かし》げた。

「素面だと、無理やり襲いかかりそうになるからですよ。……あなた、自分がなにを言ってるか、深く考えて言っていないでしょう」

憤る《いきどお》グスタヴスの表情はとても険しいものだ。しかし、よく見れば頬や耳などが、赤くなっていることに気づいた。思っていたよりもずっと、腹を立てられてはいなかったらしい。

「……あ、グスタヴス様、グスタヴス様。今とっても……お耳が赤いですよ？」

少しでも冷まそうと、ティーナはふうっと息を吹きかけた。

「まったく、この酔っ払い。……私は、もう知りませんからっ……」

グスタヴスは、酩酊《めいてい》したままのティーナの腰を引き寄せると、ドロワーズを引きずり下ろし、秘裂《ひれつ》の中心に指を押し込んでくる。そして、夕刻まで肉棒で押し開かれていた蜜孔《みつあな》を、掻き回していく。熱く震える襞《ひだ》は、解《ほど》けたままだ。

「え……!? あ、……あ……ん、んんぅ……、あぁ」

些細《ささい》な愛撫《あいぶ》にすら、激しく反応してしまうのをとめられない。

「……あふ……っ、ん、んんぅ……」

淫らな喘《あえ》ぎを洩らしながら、ティーナは腰を揺らし始めていた。じっとりと湿った秘裂を指で左右に押し開き、露にされた花芯《かしん》まで、グスタヴスはクリクリと擦りつけていく。

「……わ、……私も……、グスタヴス様に……、触りたいです……」

艶めかしい愉悦《ゆえつ》に支配され、淫らに身体が跳ねる。

ティーナはグスタヴスの身体中に指を這わして、彼のすべてに触れたかった。

「あなたは、だめです」

だが、たった一言で却下されてしまう。それは、ティーナがグスタヴスに触れるに値しない女性だからなのだろうか。

酔いの醒《さ》めないティーナは、項垂《うなだ》れたまま、泣きそうになってしまう。

「……私じゃ……だめですか……、グスタヴス様に触れてはいけませんか……」

シュンとしてしまったティーナに、グスタヴスは啄《ついば》むように口づける。

「こんなことぐらいで、泣かないでください。あなたって人は、私をこんなに戸惑《とまど》わせて、愉《たの》しいのですか……」

そう言いながらも、グスタヴスは自らの欲望をトラウザーズから引き摺《ず》り出した。そして、ティーナに見えるように、指で扱《しご》き上げていく。

「あ……っ」

ティーナはパッと顔を輝かせると、彼の肉塊《にくかい》に近づき、じっと淫らな造形を見つめた。

「淑女《しゅくじょ》が凝視するような場所ではありませんよ。これで満足したなら、もうおとなしくしなさい」

酩酊していない状態のティーナなら、男性の性器など目《ま》の当たりにしたら、真っ赤になって顔を背《そむ》けてしまっていただろう。だが、今のティーナは、恥じらいも理性も、なにもかもが消えてしまっていた。あるのは、純粋な好奇心だけだ。

「もう少しだけ……」

そう言って、いっそうグスタヴスの雄《おす》に顔を近づけると、ティーナは赤い唇を押しつける。

「ん……っ」

チュッと先端を吸い上げ、亀頭《きとう》の根元や肉竿《にくざお》にまで、啄《ついば》む行為を繰り返す。

「……な、なにを……っ。く……っ、はぁ……、あぁ……っ」

グスタヴスは息を乱しながら、悔しげにこちらを見つめてくる。

「ティーナ。……もう、やめなさい……っ、く……う……」

だが、ティーナは吸い上げるのをやめない。グスタヴスが掠《かす》れた声で喘ぎ、身体を引き攣《つ》らせるたびに、いっそう彼を乱したくて、激しい欲望が胸を渦巻《うずま》いていく。

「いや……です……」

ふるふると首を横に振り、ティーナはさらにグスタヴスの鈴口《すずぐち》や陰嚢《いんのう》に、濡れた小さな舌を這わせ始める。

じっと先端を見つめると、鈴口の入り口がヒクヒクと震えて、透明な蜜《みつ》が滲《にじ》んでいく。噎《む》せ返るような雄《おす》の匂いが鼻を突いて、クラクラと眩暈《めまい》がしてくるのをとめられない。

「はぁ……、はぁ……、ンンッ。グスタヴス様、……私の舌、気持ち、いいですか？」

貴婦人に話を聞かされるばかりで、経験の少ないティーナは、本当にこれでいいのか、不安になってしまう。だからグスタヴスに尋ねたのだが、彼はぷいっと顔を逸《そ》らしてしまった。

「……さあ。くっ、……どうだと思いますか？　私には、……はぁ……、解りかねますね」

グスタヴスの肉茎《にくけい》はビクビクと脈打ち、固くそそり勃《た》っている。そんな冷たい言い方をしないで欲しかった。ティーナは悔しさから大きく唇を開き、グスタヴスの亀頭を口腔に咥《くわ》え込む。

「……あ……、ンンンッ」

チュッと強く吸い上げると、先走りの甘酸っぱい風味が口いっぱいに広がって、ひどく興奮してしまうのをとめられない。

「く……、ん、んう……っ……」

唇を窄《すぼ》め扱き上げるようにして、彼の肉棒《にくぼう》を吸い上げていく。掌《てのひら》のなかで震える陰嚢の感触に、ティーナは夢中になって撫で擦る。

もっと、グスタヴスに気持ちよくなって欲しかった。舌も指も肌も粘膜《ねんまく》も、すべてを使ってグスタヴスを満たしたくて堪らない。

「は……ふ……っンンゥ」

懸命に口淫《こういん》を続けるティーナを前に、グスタヴスは激しく狼狽《ろうばい》している様子だ。

「ティーナッ。あ、あなたには……金輪際《こんりんざい》酒を飲ませません。まったく！　あの傍《はた》迷惑な男は、なにを引き起こしたのか、解っているのでしょうか……。はぁ……、あ……、あれで次期国王とは、な、……嘆《なげ》かわしいにもほどがある」

だが、彼の言葉を聞いてもティーナは唾液にぬるついた肉棒を口一杯に咥え込み、顔を上下させることによって唇で擦り立てていく。

舌の上を切っ先が掠めるたびに、じゅんと熱い潮《しお》が下肢から溢れそうになってしまう。

「グスタヴス様……、大きいの、……これ、私に挿《い》れて欲しい……です。……奥、いっぱいにして……くださ……ぃ……」

裏筋や陰嚢の付け根を舐め上げ、脈動する肉棒を吸い上げながら、ティーナが淫らな欲望を訴える。

「はぁ……、く……っ、ん、んぅ……」

熱い吐息を鼻先から漏らしたとき、いきなりグスタヴスに顔をあげさせられた。

「……もう、やめなさい……。あなたは酔っているんです。あとで悔いることになりますよ」

いくら酔っていても、嫌いなものを好きだと言ったりしない。ティーナはグスタヴスのすべてが愛《いと》しい。なにもかも彼のすべてを自分のものにしたかった。

「……こ、後悔……しません、……グスタヴス様になら、……なにをされてもいいです。だ、だから……。これで、……前みたいに、グリグリしてください」

ティーナはドロワーズを脱ぎ捨てると、グスタヴスの下肢の中心に自らに秘裂《ひれつ》を押しつけ、ゆるゆると擦りつけていく。

「ふぁ……、あぁ……、あ……っ」

濡れそぼった媚肉《びにく》の間を、膨れ上がった肉棒が上下する。疼く淫唇《いんしん》が嬲《なぶ》られ、焦《じ》れた身体がビクビクと跳ねた。

「あ、あぁ……っ。……熱いですっ。ここ、擦られると……、わ、私……っ」

感極《かんきわ》まった声を上げたティーナは、艶《つや》やかなブルネットを揺らして身悶《みもだ》える。

「……そうですか。よかったですね。……私は欲求不満で、倒れてしまいそうですけど」

グスタヴスはティーナの腰を掴み、苦しげに息を吐く。

「こ、……これ、嫌いですか?」

ティーナはグスタヴスの肩口にギュッと縋《すが》りついて、首を傾《かし》げる。こんなにも気持ちいいのに、グスタヴスは同じではないらしい。

「ええ。もちろん気に入りませんよ? これほどまでに、男が欲情している状況で、擦りつけるだけで満足できるはずがない」

自嘲《じちょう》気味に笑うグスタヴスに、ティーナはそっと口づける。

「ん……。私、一緒に気持ちよくなりたいです……」

そのためにはどうすればいいだろうか。グスタヴスの欲望を満たす方法を、酩酊した頭で懸命に考える。

「……あ……っ、ここ……がいいです……」

ティーナは小首を傾げながら、グスタヴスに微笑《ほほえ》む。そして、熱く濡れた秘裂を左右に開いて、薄紅色に染まった淫唇を露にした。

「グスタヴス様が、満足するまで、して……ください。私のなか、いっぱいにして……」

恥じらいながらそう告げると、グスタヴスはいきなりティーナの唇を奪ってくる。

「く……んぅ……っ、は、ん……っ、んんぅ……っ」

ティーナの小さな舌が強く吸い上げられ、そのままヌルヌルと擦り立てられていく。

グスタヴスの舌に口腔中を掻き回される感触が気持ちよくて、ティーナは喘ぎながらも、懸命に口づけを返す。絡み合う舌が、いっそう劣情を煽《あお》り、いっそう下肢が濡れてしまう。

「あなたって人は……、いくら酔っていても、もう知りません。あとで存分に悔いればいい。私を焚《た》きつけたのは、あなた自身なのですから……」

苦しげな表情でグスタヴスは叱責する。だが、酒に酔ったティーナは、誘うように身体をくねらせ、いっそう彼を無意識に惑《まど》わしていた。

「……はぁ……、あぁ……っ。挿《い》れて……くださ……、唇より、奥までいっぱい飲み込めます……。熱いの……なかに……」

淫らな懇願《こんがん》を耳にした、グスタヴスは固く膨れ上がった亀頭を、ティーナの膣孔《ちつこう》に押し込んでいく。グッと奥に突き入れられた切っ先は、濡れそぼった膣肉《ちつにく》を爆《は》ぜて、奥へと穿《うが》たれていく。熱い肉棒がズリズリと挿《はい》り込む感触に、ティーナはビクビクと身体を引き攣らせた。

「……グスタヴス様……っ。は……、挿って、……挿って、きます……。大きいの、なか……いっぱいに……。ん、んんぅ……ぁ……っ」

角度をもった肉竿の先端がグリグリと濡襞《ぬれひだ》を擦りつけながら押し込まれ、そして勢いよく引き摺りだされる。

「あ、あぁ、あぁ……っ」

太い肉棒の根元で、感じやすい花芯を嬲《なぶ》るようにして腰が押し回されると、鈍《にぶ》い疼きがジンジンと身体の中心を苛《さいな》む。

「……あ、あぁ……ンンッ……！」

もっと奥まで、グスタヴスの熱に突き上げられたい。

もっとなにも考えられなくなるほど、激しい痺《しび》れが欲しい。

「はぁ……っ、こんな……、いやらしい身体で、つい数日前まで、無垢《むく》だったなんて……。私以外誰も信じないでしょうね」

突き上げてくる肉棒を、大きく揺さ振り立てれば、快感が駆け巡る気がして、ティーナは衝動的に腰を揺すり始めてしまう。

「わ、私、……、いやらしい……身体……ですか？　あっん……っ、ん、ンンゥ……く……、ふぁ……っ」

「ええ。あなたは男を堕落《だらく》させ、骨抜きにするいやらしい身体をしている」

脈動する肉茎《にくけい》が大きく掻き回されると、押し開かれた襞が収斂《しゅうれん》して、いっそう激しい愉悦《ゆえつ》を迫《せ》り上げてくる。キュンと締めつけるたびに、濡れそぼった隘路《あいろ》が擦り立てられた。

引き攣った花芯が、ひどく疼いて堪らない。

「どうしよう……腰、ガクガクして……とまらない……です。……好き、……はぁ……はあっ、グスタヴス様、大好き……」

上下に腰を揺すり立てながら、ティーナは淫らに腰を浮きあがらせる。

熱い肉棒がぬるついた蜜に濡《ぬ》れながら、ヌルヌルと上下するたびに、掻き出された甘蜜《あまみつ》が、豊潤《ほうじゅん》な香りを充満させていく。

「もっと突いて、なか、熱いのでいっぱいにして。……グチュグチュして、くださ……っ。出して……なかに、出して……。グスタヴス様の、赤ちゃん、欲しいですっ」

早く孕《はら》ませて欲しいとばかりに、ティーナは淫らな要求を繰り返す。すると、グスタヴスは固い切っ先で、グリグリと子宮口を責め立ててくる。そうして最奥《さいおう》を突き上げられ、濡襞を擦りつけながら、亀頭の根元まで引き摺りだされていった。

「……ん、んぅ……っ、い、……いいの……。気持ちいいの……、あ、あぁ……っ。グスタヴス様になら、……な、……なにをされてもいいです。……いっぱい、突いてくださ……っ」

ティーナの身体がビクビクと引き攣る。同時に、膣肉を押し開く肉棒を締め上げるように襞《ひだ》がうねるのをとめられない。

息が苦しくて、熱くて、頭の中が霞《かす》んでいく。歓喜に戦慄《わなな》いた膣壁《ちつへき》が、キュウキュウと淫らに収斂して、灼《や》けた楔《くさび》をいっそう締めつける。

「あ、あぁ、あぁっ！　……んんぅ……はぁ……っ、はぁ……」

そうして、がくんがくんと身体を痙攣《けいれん》させながら、ティーナは熱く烈《はげ》しい迸り《ほとばし》を身体の奥底に、受け止めた。

＊＊　＊＊　＊＊

息が苦しくて堪らなかった。喉が張りつくように渇く。

「はぁ……、あぁ…………、熱い……」

魘《うな》されるようにティーナが声をあげたとき、軽く頬《ほお》が抓《つね》られ、無理やり眠りから引き摺り戻される。

「うぅ……、い……痛いです……っ」

頬を引っ張られる痛みに、涙目になりながら、ティーナは瞼《まぶた》を開いた。

「……喉が渇いているなら、水を飲みなさい。そうでないと、二日酔いになりますよ」

心配そうにティーナの顔を覗き込んでいるのは、誰よりも愛《いと》しいグスタヴスだった。

「グスタヴス様。ありがとうございます。……大好き……」

そう言って、ティーナは彼に腕を回そうとする。だが、なぜかグスタヴスの身体がギクリと強張《こわば》らせた。

「まさか、まだ酔っているのですか」

訝《いぶか》しげに尋《たず》ねられ、ティーナは首を傾げた。

「酔う？　私は……、お酒が飲めませんが……」

そう答えたとき。ティーナの身体の奥底から、ドロリとした粘着質の蜜が溢れ出してくる。

「え？　ええ……っ？　ど、どうして……？　グスタヴス様。なにか……身体のなかから、流れ出して……」

ティーナはただ、眠りから覚めただけだ。それなのに、まるで激しい情交の後のように、白濁が膣孔《ちつこう》から溢れてくるのは、どうしてなのだろうか。

ブルブルと震えながら、ティーナが放心していると、グスタヴスが平然と返してくる。

「ああ、私の放った精ですね。それは」

ティーナは返す言葉もなく、ただ息を飲むしかない。

グスタヴスは、ティーナが眠っているときに、無理やり彼女を抱いて精を放ったということなのだろうか？　だが、そんなことをされたら、いくら鈍いティーナでも目覚めるはずだ。いったいどういうことなのか、さっぱり解らない。すると、グスタヴスは呆《あき》れた様子で説明してくれる。

「酔っぱらったあなたに、私は無理やりのしかかられて、強引に身体を貪《むさぼ》られたのですよ。まったくあなたは、思い詰めるとなにをしでかすか解りませんね」

「う、嘘……」

頭を横に振って、グスタヴスの言葉を否定しようとした。だが、グスタヴスが真顔で窘《たしな》めてくる。

「嘘なんて言っていません。あなたは昨夜、私にお仕置きされる立場だったのにもかかわらず、さらに罪を深めた。解っているのですか」

自分がそんなことをするはずがない。そう信じたかった。だが、言われてみれば、朧気《おぼろげ》ながら脳裏《のうり》に情景が浮かんでくる。

ジョシュアから手渡されていた小瓶の中身を飲んでしまい、どうしようもなく身体が熱くなったこと。そして、部屋に連れ帰ってくれたグスタヴスに跨《またが》って、ティーナは淫らに腰を振りたくったのだ。

記憶が戻り始めると、ティーナはみるみるうちに真っ青になってしまう。もうグスタヴスに合わせる顔もない。

「……ごめんなさい……、ごめんなさい……」

自分の唇を両手で押さえて、ティーナは繰り返し謝罪した。すると、険しい顔をしていたグスタヴスが、慌ててティーナを抱き寄せる。

「私は怒っていませんから、泣かないでください」

「……でも私、……大変なことをしてしまって……」

ぎゅうっとグスタヴスのシャツにしがみつくと、彼の首筋に無数の赤い鬱血《うっけつ》が散っていることに気づいた。まさかとは思う。だが、自分がやったとしか思えなかった。

「これも……私が……？」

恐る恐る尋ねると、グスタヴスは深く溜息を吐いた。

「そうですよ。だいたい、いくらなんでも、こんなところに自分で痕《あと》をつけられるわけないでしょう」

ティーナはグスタヴスのきめ細やかな美しい肌に残された痕をじっと眺《なが》める。すると、なんだかムラムラとした欲求を抱き始めてしまう。

酔ってグスタヴスの肌に吸いついたのなら、覚えているときにも同じことをさせてくれてもいいはずだ。

「グスタヴス様……。ここを、ほんの少しだけ吸ってみてもいいですか……」

じっとグスタヴスを見つめて懇願《こんがん》する。朧気な記憶しかないまま、グスタヴスに痕が残っているなんて、嫌だ。それならいっそぜんぶの痕を吸い上げて、記憶をすべて上書きしてしまいたい。

「まだ酔っているみたいですね、あなたは。水を飲んで目を覚ましなさい」

グスタヴスはティーナの額をグッと指で押しつけることで引き剝がそうとする。だが、ティーナは彼のシャツにしがみついて、必死に懇願する。

「……酔ってませんっ。グスタヴス様の肌に痕を残して、記憶がないなんて、他の人にされてしまったみたいで、いやなんです」

笑顔で答えると、グスタヴスは呆れ顔で返してきた。

「紛《まぎ》れもなく私の身体に痕をつけたのはあなたですよ。……あなた以外許すわけがないでしょう。だいたい、二十年近く誰にも触れていなかった私に、たった一日でどれだけ触るおつもりですか」

少しは遠慮しろとばかりに告げるグスタヴスに、ティーナは続けて言った。

「もちろん、二十年分もこれからの一生分も、グスタヴス様のぜんぶに触りたいです」

誰にも触れることができなかったグスタヴスを二十年分も抱き締めたいし、これから先もぜんぶ自分だけのものにしたい。貪欲《どんよく》なことを願うティーナに、グスタヴスは口角を上げて笑みを返してくる。

「両手を重ねるようにして、前に出してください」

お願いを叶《かな》えてくれるのだろうか？

そんなことを安易に考えていると、グスタヴスはティーナが髪に結んでいたリボンで、彼女の両手を縛り上げてしまう。

「え……っ」

どうしてこんなことをするのだろうか。ティーナには理由が解らない。

「グスタヴス様。どうしてこんなことをするんですか。外してくださいっ」

もしかして夜陰《やいん》に紛れて捨てられてしまうのだろうか？　泣きそうになりながら、グスタヴスを見つめる。すると彼は人の悪い笑みを浮かべて言った。

「あなたにばかり好き勝手されるのは、癪《しゃく》です。今日から私が、あなたに一生触れ続けて差しあげますよ。これで昨夜の罪も帳消しにしてあげてもいい」

信じられない言葉に、ティーナは目を瞠《みは》った。

「だ、だめです……っ。私、グスタヴス様みたいに、綺麗《きれい》じゃないですから……」

真っ青になって、ティーナはブルブルと頭を横に振った。

「男に綺麗というのは、褒《ほ》め言葉ではありませんよ」

どんな相手でも、綺麗だというのは、褒め言葉なのではないだろうか。ティーナには、グスタヴスの価値観が理解できない。

「グスタヴス様は、誰よりもお綺麗ですが……。……あ、でも確かに、お姉様の次かもしれませんけど……」

ティーナの姉のアメリアは絶世の美女だ。世界一と問われれば、姉の名前を出すべきかもしれない。すると、グスタヴスはムッとした様子で顔を顰《しか》める。

「それはそれで、なんだか腹が立ちますね。私はあなたの夫になるのですよ」

「はい。……あ、ありがとうございます」

ティーナが恐縮《きょうしゅく》して頭を下げると、彼は続けて言った。

「なにごとにおいても、二番にするのは許せません」

二番が気に入らないならば、一番だと言えばすむ話だ。ティーナにとってはともに大好きな人たちなのだから。

「では……神様に誓って、世界で一番綺麗なのは、グスタヴス様です」

ティーナが笑顔で答えると、グスタヴスは聞き捨てならないとばかりに言い返してくる。

「なにをバカなことを。世界で一番美しいのは、あなたに決まっているでしょう。あなたは、私の愛しい花嫁なのですから」

普段冗談ばかり口にする人が相手なら、笑い話ですむのだが、グスタヴスは至極真面目《しごくまじめ》な顔で言っていた。ティーナは恥ずかしさに真っ赤になってしまう。

「……グスタヴス様は……、恥ずかしいことを平気で言いすぎます」

声を震わせながら訴えると、グスタヴスは、ティーナの両手を縛りつけているリボンを掴んで、ベッドの柵《さく》にかけてしまう。これでは身動きがとれない。

「それをあなたに言われたくないですね。いいからもう黙りなさい」

グスタヴスはティーナに顔を近づけると、じっとアイスグレーの瞳を見つめてくる。

「……ど、どうして……」

「キスができないでしょう。今から、あなたが無茶や悪いことをしたお仕置きをしてあげます。……私にならどんなことをされてもいいと言ったのは、あなたなのですから、甘んじて受けなさい。いいですね」

未来の夫からの甘い命令に、ティーナは逆らうことはできない。

初めてグスタヴスと身体を繋げた日のように、そのまま強引に彼に抱かれる羽目《はめ》になってしまった。

エピローグ　さらわれスノーホワイト

柔《やわ》らかなものが唇《くちびる》に触れる。とても心地の良い感触だ。

睫毛《まつげ》を揺らしながら、ゆっくりと瞼《まぶた》を開いていく。

ティーナが幸せな気持ちで微睡《まどろ》みから目覚めると、優しく髪を撫《な》でられた。

「毒を飲まされた姫君を目覚めさせるには、キスがいちばんだというのは本当ですね」

彼女の波打つブルネットを指に巻きつけながら、将来を誓った恋人グスタヴスが囁《ささや》く。

「もう朝ですよ。起きてください」

薄く開いていたティーナの唇が、悪戯《いたずら》に抓《つま》まれる。

「……ん、んぅ……」

首を振っていやいやをするティーナを、グスタヴスは愉《たの》しげに見つめていた。

「……なにをしても起きないので、いっそ抱いてみようかと思っていました」

眠っている間に、抱き締めるぐらい構わない。むしろして欲しいぐらいだ。どうして躊躇《ためら》ったのだろうか？　不思議に思いながら首を傾《かし》げる。

「どうぞ？　存分に抱き締めてください」

すると、意味を理解していないティーナに、グスタヴスが苦笑いを向ける。

「セックスするという意味です。まさか抱き締めるほうの意味に捉《とら》えたのではないでしょうね」

「……あ、……あの……」

グスタヴスの予測通りのことを考えてしまっていた。

彼の言葉と、自分の間違いが恥ずかしくて、ティーナは声を出すことができない。

「まったく。……あなたは朝からかわいらしいのだから。参ってしまう」

ティーナが着ている純白のナイトガウンの紐《ひも》にグスタヴスは手を伸ばしてくる。

昨夜。ジョシュアに手渡された小瓶《こびん》の中身を飲んだせいで、泥酔《でいすい》してしまったティーナは、またグスタヴスに淫《みだ》らな真似を強要してしまった。

そのことが脳裏《のうり》に過《よ》ぎり、羞恥《しゅうち》のあまりティーナは後ろに逃げてしまう。

「……や……っ」

指に触れたのは、グスタヴスの大事にしているウサギのぬいぐるみ、リトルラビットだ。

思わずティーナの身体《からだ》ほどの大きさがあるリトルラビットを抱き締め、グスタヴスから顔を隠す。

「どうして逃げるのですか。……まさか私を嫌いに？」

血の気が引くような低い声音《こわね》で尋《たず》ねられ、ティーナはブルブルと頭を横に振る。

恥ずかしくて、耳まで真っ赤になってしまっていた。ぬいぐるみには、微《かす》かにグスタヴスの匂いが染み込んでいて、ティーナの心臓は鼓動《こどう》を早めてしまう。

「いい加減、リトルラビットを放しなさい」

苛立《いらだ》ったグスタヴスが、無理やりティーナを引き剝《は》がそうとした。

このぬいぐるみは、グスタヴスは幼《おさな》い頃に両親もらった大切なものだと気づいて、ティーナはハッと顔をあげた。彼が怒るのも当然だ。

「ごめんなさい。……大事なぬいぐるみなのに」

リトルラビットの荒れてしまった毛並みを揃《そろ》えてリボンを結び直すと、ティーナはチュッとぬいぐるみの鼻先にキスして離れる。

すると、グスタヴスはいまだかつて見たこともないほど不機嫌な表情を浮かべていた。

「……私以外のものに口づけましたね……」

確かにティーナはぬいぐるみの鼻先に口づけたが怒るようなことなのだろうか。

「え？　ええ!?　……ぬいぐるみ、ですよ？」

戸惑《とまど》うティーナの前で、グスタヴスは完全に臍《へそ》を曲げてしまっていた。

「それがなにか？　リトルラビットには、あなたのキスを返してもらいます」

グスタヴスはそう言って、形の良い唇をリトルラビットに近づけていく。ティーナは慌《あわ》てて、グスタヴスの腕を引いた。

「……だめ、だめです……」

リトルラビットが男の子か、女の子かは解らないが、どっちでも絶対にだめだ。

「どうして？」

尋《たず》ねながらもグスタヴスは勝ち誇ったような顔をしていた。

「グスタヴス様は……、私だけのものですっ。キスしては嫌です……」

ティーナはグスタヴスの肩口に腕を回して、ギュウギュウと抱き締める。

「まさか、ぬいぐるみごときに嫉妬《しっと》したんですか」

ここで意地を張って、違うと言えば、グスタヴスはリトルラビットにキスしてしまうのは、目に見えていた。そんなのは嫌だ。

「……し、……しました……。だからリトルラビットにキスしてはいやです」

泣きそうになりながら、懸命《けんめい》に訴《うった》える。

「仕方がない人ですね」

グスタヴスはティーナの手をそっと放させると、唇を重ねてくれる。

目覚める前に唇に当たったのと、同じ感触だ。グスタヴスはあのとき、ティーナに口づけてくれたらしい。

「ん……っ」

小さな唇の隙間《すきま》から、グスタヴスの熱く濡《ぬ》れた舌が入り込んでくる。ぬるぬると擦《こす》り合わせながら、互いに舌を絡《から》ませ合う。

「……あなたがこんなことをするのは、私だけでしょう？」

少しだけ唇を離して、グスタヴスが囁いた。ティーナはコクコクと頷《うなず》く。そして、もっと口づけが欲しくて、必死に彼に縋《すが》りつきながら、口づけを深くした。

「……ん、んぅ……」

グスタヴスとのキスは心地よくて、離れることができない。

舌を絡ませ合うだけで、胸の奥深くにある劣情に火を灯《とも》される。そうなると、理性もなにもかもかなぐり捨てて、グスタヴスを求めてしまうのだ。

彼が身に纏《まと》っているシャツのボタンを外し、ティーナは滑らかな首筋や胸に手を這《は》わせる。精悍《せいかん》な顎《あご》やキリッとした瞳《ひとみ》や、高い鼻筋、官能的な唇、グスタヴスのなにもかもに口づけたかった。

「ティーナ。まだ話は終わっていませんよ。まったく仕方がない人ですね」

そう言いながらも、グスタヴスもキスを返してくれる。

グスタヴスが好きだ。温かな肌に縋りつき、ティーナはうっとりと目を閉じた。

「あなたも、私以外のものに二度と口づけないように。ぬいぐるみでも、動物でもだめです。

もしも約束を破ったら、……私もあなたと、同じことをしますよ」

ティーナは目を瞠《みは》った。

「……だめです。……グスタヴス様は、絶対だめですっ」

ぬいぐるみや動物、ましてや他の人に口づける彼を想像しただけで、悲しくなってしまう。

そんなことをしないで欲しかった。

「あなたが浮気しなければいいことです」

きっぱりと告げるグスタヴスに、ティーナは必死に頷く。

「しません。……ぜったいしませんから。グスタヴスは誰にキスしてもだめです……」

グスタヴスは、いつの間にか機嫌を直して、ティーナの背中を優しく撫でる。

「あなた次第というところですね」

「……私、絶対にグスタヴス様にしか、もうキスしませんから。お願いです」

ティーナは懸命に食い下がる。

「仕方ありませんね。あなたが、どうしても……と言うなら、叶《かな》えてあげてもいいですよ」

グスタヴスはそう言って、もう一度キスしてくれる。この唇は、自分だけのものだ。

ティーナは嬉しさに、顔を綻《ほころ》ばせる。

「だから、……そういう可愛い顔で、私を惑《まど》わせるのは、よしてください」

グスタヴスは深い溜息《ためいき》を吐《つ》いた。ティーナはなにもおかしなことをしたつもりはない。

不安になって、グスタヴスをじっと見つめる。

「……な、……なにか……、私、……してしまいましたか……」

声が震えてしまって、次第にアイスグレーの瞳が潤《うる》み始めてしまう。

「……どうして、私はこんな質《たち》の悪い女性に捕まってしまったんでしょうか。まったく困ったものですね」

自嘲《じちょう》気味に呟くグスタヴスを前に、ティーナは悲しげに俯《うつむ》いた。そして、グスタヴスから距離を取る。

「ご、ごめんなさい……」

彼が怒りを静めるまで、他の部屋にいたほうがいいのだろうか。それとも邸《やしき》に戻ったほうがいいのだろうか？

そんなことを考えていると、強引に腕が摑《つか》まれた。そのまま、引き寄せられる。

「どこに行くんですか。あなたは、私の傍《そば》以外にいることは許しませんよ」

でも、グスタヴスはなにか怒ったのではないのだろか。じっと彼を窺《うかが》うと、深く溜息を吐かれ、ティーナは身体を強張《こわば》らせる。

「怯《おび》えた小動物みたいに震えないでください。私は獣《けもの》かなにかですか」

ティーナはただグスタヴスを怒らせたくないだけだ。

「あなたは、言葉が少ないのに、思い込みが激しいところがありますね。今後は、おかしな行動を取ったら、お仕置きします。言いたいことがあれば、ちゃんと言葉にしなさい」

お仕置きなんて嫌だ。プルプルと頭を振って嫌がるが、グスタヴスは許してくれない。

「そんなに可愛いしぐさをしてもだめです。私は浮気しない限りは、けっして怒ったりしません。あなたが声を出せないというなら、話せるまで待ちます。いいですね」

あがり症で、緊張するとまったく話せなくなるティーナを、ここまで気遣《きづか》ってくれるのは、家族以外で、グスタヴスが初めてだ。

嬉しくなって、ティーナは満面の笑みを浮かべた。

「……グスタヴス様」

今、彼に伝えたい言葉はただひとつだ。

じっと彼を見つめると、約束通りに、静かに耳を傾《かたむ》けてくれる。

「なんですか……」

濃い琥珀《こはく》色の瞳が、優しくティーナを見下ろしていた。ティーナはグスタヴスの肩にしがみつき、彼の耳元で囁《ささや》く。

「……愛しています……」

すると、グスタヴスはみるみるうちに真っ赤になってしまう。ふいをつかれて、動揺したらしい。

「あなたという人は……。今日はお互いの両親に挨拶《あいさつ》をして結婚式の日取りを決めて、領地のどこかに邸を建てる算段をするつもりだったのに……」

グッと力を込められ、ティーナの身体がベッドに沈められる。

「……グスタヴス様……？」

リネンの上に艶《つや》やかなブルネットを波打たせるティーナを、グスタヴスは壮絶なほど色気のある瞳で、見つめてくる。

「あ……っ」

朝陽を受けて輝く銀糸のような髪、宝石のようにキラキラとした琥珀《こはく》の瞳、そして、少しだけ開いた官能的な唇に釘付けになってしまう。

「あなたを前にすると、どんな綿密なスケジュールも、すべて無駄になってしまう。……恨《うら》むなら自分の愛らしさを恨んでください。今日は外に出しません」

「……えっ……。そんな……」

グスタヴスはそう言って、ティーナの首筋を強く吸い上げる。

「……グスタヴス様……っ。待って……ください……っ」

ずっと両親を嫌っていて、今までまともに向き合おうとしなかったグスタヴスが、歩み寄る気持ちになったのだ。グスタヴスの父もグスタヴスと話ができれば喜ぶに違いない。気が変わっただなんて、言わないで欲しかった。

「わ、私……、ご両親にできれば挨拶したいです」

彼の淫らな愛撫《あいぶ》に翻弄《ほんろう》されそうになりながら、ティーナが訴《うった》える。だが、ナイトガウンの紐《ひも》を外したグスタヴスは、ティーナの柔肌《やわはだ》を吸い上げながら、甘く囁いてくる。

「私はあなたと愛し合いたい」

低く艶のある声で囁かれると、言いなりになりたくなってしまう。啄《ついば》まれる感触も心地よくて、身体に走る痺《しび》れに身を任せてしまいたくなった。だが、今はだめだ。自戒《じかい》しなければ。

「……だ、だめです……。お願いですから……。グスタヴス様……。ま、待って……」

だが、そこに部屋の扉をノックする音が響く。

「誰か来られたのでは……」

「放っておけばいい」

素っ気なく言い放つと、グスタヴスはふたたびティーナの身体を貪ろうとした。

「……だめです……っ。なにか大切な用かもしれませんし」

ティーナはそう言って、ジタバタと藻掻《もが》く。今の機会を逃したら、もうグスタヴスをとめることはできない。ティーナも必死だった。

「つまらない用事だったら、邪魔《じゃま》した者を許しません」

仕方なさそうにグスタヴスが応対に出ると、コンシェルジュが招待状を携《たずさ》えてきていた。彼は呆《あき》れた様子で、受け取った招待状を見つめている。

「グスタヴス様、どうかなさったのですか」

ティーナはグスタヴスのもとに駆けて行くと、彼に尋ねた。

「あなたの姉とジョシュアが、今日結婚式を行うらしいです。……あなたの分の招待状もここに来ていますよ」

ティーナは驚いてしまう。確かに昨日姉にこのホテルまで送ってもらったが、どうして、まだ邸に戻ってないことに気づかれたのだろうか。

「急ですね……。……なにを着て行けば……、ああ、そういえば」

ちょうどいいドレスを思い出して、ティーナは顔を綻《ほころ》ばせる。

「ドレスですか？　今からでもなにか用意させます。あなたはなにも気にしなくても……」

グスタヴスはティーナを気遣《きづか》って、そう申し出てくれる。

世継ぎの王子の結婚式ならば、盛大なものになる。花嫁の妹として、恥ずかしくない格好をしなくてはならない。

「大丈夫です。ジョシュア様にいただいたドレスがありますから。姉と一緒にお会いしたとき着ていたドレスです。覚えていらっしゃいませんか？　美しいものだったでしょう？　邸に着替えに戻りますね。お父様も心配なさっているでしょうし」

だが、その話をするとグスタヴスは無言のまま、ティーナを睨みつけてくる。

「どうなさったのですか」

思いが通じ合ったはずだった。どうしてそんな恐ろしい顔を向けてくるのだろうか。

「あの日、あなたが舞踏会《ぶとうかい》に着ていたドレスが……、ジョシュアから贈られたものだと言うのですか」

「え、ええ……」

ジョシュアは帰国してきたばかりの姉のために、ドレスを新調してくれた。そのついでに、ティーナのドレスも用意してくれたのだ。それがなにか問題あるのだろうか。

「捨てなさい」

冷たい口調で命じられ、ティーナは目を瞠《みは》る。

「で、でも……。もったいないですし、それに、今からでは、結婚式に着ていくドレスが」

ティーナは社交界デビューしたばかりだ。式典に着ていけるようなドレスを数多く持っているわけではない。グスタヴスを追って、舞踏会に出入りしていたときに着ていたものが数着あるだけだ。どれも結婚式には向いていない。それに二度と胸をコルセットで締めつけるなとグスタヴスに命じられている。捨ててしまったら、着るものがなくなってしまう。

だが、グスタヴスは当然とばかりに言った。

「私以外の男に贈られたものを、あなたが身に纏《まと》うなんて、許せません」

ティーナは唖然《あぜん》としてしまう。

「今すぐでは、オーダーメイドというわけにはいきませんが、それなりのものを用意します。だから、ジョシュアにもらったドレスは捨てなさい。……あなたが言うことを聞かないなら、結婚式には出席させません」

姉の結婚式は生涯《しょうがい》に一度しかない。出席できないなんて嫌だ。

「……そんな……」

ティーナが泣きそうになっていると、グスタヴスが念を押してくる。

「言う通りにしますね」

「はい……」

だが、グスタヴスは結婚式まであまり時間がないにもかかわらず、ティーナのために、ベビーピンク色の愛らしいドレスを用意してくれた。

さらりとした肌触りのシフォンのドレスだ。肩口は大きく開いていた。胸の谷間が見えてしまうことが気恥ずかしい。長手袋のようなデザインの袖《そで》は華奢《きゃしゃ》な腕に添うデザインだ。胸には花びらを重ねたようなフリルがついていて、スカートはパニエでふんわりとしている。揃《そろ》いの薔薇《ばら》とレースの飾られたヘッドドレスもついていて、とても愛らしかった。

グスタヴスはジョシュアの親類としての準備もあったため、先に王城に向かった。そのため、あとでエーレンフェル城の敷地内にある大聖堂の入り口で待ち合わせることになったのだ。

彼の姿は遠目でも見つけることができた。

誰よりも背が高い彼が、漆黒《しっこく》の盛服を身に纏《まと》う姿は、見惚《みと》れてしまうほど麗《うるわ》しい。金釦《きんボタン》の肩章や金糸で編まれた飾緒《しょくちょ》がいっそう、華々《はなばな》しい色を添えている。

「グスタヴス様……」

ティーナは声をかけると急いで彼に駆け寄っていく。

「ああ、やっと来たのか」

グスタヴスはふたりきりのときにしか、素である敬語で話さない。周りに人が多く集まっている今は、尊大な口調だ。グスタヴスは振り返ると、目を瞠《みは》った。

「似合いますか……？」

気恥ずかしさに頬《ほお》を染めながら尋ねる。すると、グスタヴスは溜息《ためいき》を吐《つ》く。

「失敗だな」

「……」

少し大人びたデザインだった。幼《おさな》い顔つきのティーナには似合わなかったらしい。

「そうですか……」

暗い表情で俯《うつむ》くと、グスタヴスはティーナを抱き締めてくる。

すると、一瞬にして周りがざわめいた。

今まで、ジョシュア以外の誰も近づけなかったグスタヴスが、愛おしげに女性を抱き締めたのだから当然だろう。

グスタヴスの両親だけが、訳知り顔で微笑《ほほえ》んでいた。

「勘違いするな。美し過ぎて、周りの男たちが色目を使いそうだから、失敗だと言ったんだ」

告げられた言葉に、ティーナは軽く彼の胸を叩いた。

「驚かさないでください。……そんな冗談まで言って」

ティーナはむくれて顔を背《そむ》ける。すると顔を向けた先に、号泣《ごうきゅう》するロブ・ディセットの姿を見つけた。

「冗談ではない。……おい、聞いているのか」

グスタヴスの声を聞きながらも、ティーナはロブのことが気にかかってしまう。

「少し待っていてください」

ロブは彼の父の誤解からティーナに結婚を申し込むことになってしまった。だが、本当は幼い頃から、姉のアメリアのことを好きだったのだ。

ロブは自分の好きな相手はアメリアなのだと、彼の父にやっと説明できたのが昨日のこと。ジョシュアとアメリアの関係を、グスタヴスに告げられ呆然《ぼうぜん》とした翌日に、その愛する人が、他の男と結婚することになっているのだから、嘆き悲しむのも無理はないだろう。

「ロブ兄様……大丈夫？」

心配になったティーナは、彼に近づいて声をかけた。

「ティーナ……。……お、俺……。婚約の件が落ち着いたら、アメリアに告白するつもりだったのに……っ」

実はアメリアが、ジョシュアのことを好きだと、ティーナは五年も前から知っていた。

そのことを教えることができなかった申し訳なさから、ティーナは俯いてしまう。

「ごめんなさい」

消え入りそうな声で謝罪したとき、いきなりティーナの身体が、後ろから抱き上げられた。

「……私の女を連れて行かせてもらう。いいな」

そして肩口に担《かつ》がれ、そのまま大聖堂の入り口のほうへと運ばれていく。

「……な、……な……っ」

驚いたティーナは言葉にならない。

もちろん、彼女を抱き上げたのは、グスタヴスだ。

「目の前で浮気とはいい度胸《どきょう》だな」

低い声音《こわね》で呟かれ、ティーナは真っ青になる。

「……う、浮気なんてしていませんっ」

ブルブルと頭を振るが、グスタヴスは聞きいれようとしない。そうして、大聖堂のなかではなく、その向こうにある外壁の陰《かげ》に辿り着くと、ティーナを地面におろした。

そして、無表情のまま、ティーナを見つめてくる。

「私に、なにを言うべきか、解っていますね」

ふたりだけのときにしか聞けない甘い声音《こわね》と口調で、グスタヴスが囁《ささや》いた。だが、これは脅《おど》しと同じだ。

「……っ！」

ティーナは間違ったことなどしていない。いくら謝罪を求められても、口にするつもりはなかった。ふるふると顔を横にすることで、拒絶する。

「そんなに、お仕置きして欲しいのですか。どうやら、私の花嫁は、ひどくされるのがお好きなようだ」

微《かす》かにグスタヴスは口角を上げる。そんな表情にすら、胸が高鳴ってしまって、ティーナはグスタヴスのことしか考えられなくなってしまう。

「グスタヴス様……」

お仕置きは遠慮したかった。ティーナは切ない表情で名前を呼ぶ。すると、グスタヴスはティーナの薄桃色の唇を、そっと指でなぞった。

「あなたが口にすべき言葉はなにか、解っているのでしょう？」

しかし、ティーナは謝罪しなければならないことなど、なにひとつしていないつもりだ。

「……で、……でも……私は……」

戸惑うティーナを、グスタヴスは急かしてくる。

「言いなさい」

こうして、いつもグスタヴスに翻弄《ほんろう》されてばかりだ。なんだか悔《くや》しくなって、彼の求める言葉を拒絶する。

「さきほどのことは……あ、……謝るつもりはありません……」

ティーナはグスタヴスの肩口に縋《すが》りついた。

「グスタヴス様。……あ、愛していま……んんっ」

だが、その言葉を発する前に唇が塞がれてしまう。長い舌が絡《から》められ、言葉を紡《つむ》ぐことができない。

ぬるついた舌が擦り合わされ、その間に、胸の膨らみや背中のラインを、くるおしく撫でさすられる。

「……んぁ……、あ、……ふ……」

息を乱しながらも、ティーナは訴えた。

「愛して……んっ、んぅ……」

だが、愛を告げようとするたびに、唇を強く塞がれて、続けられなくなってしまう。

「……や……ぁ……っ。ど……して……ですか」

潤《うる》む瞳で訴えたとき——。

大聖堂の入り口側から、罵声《ばせい》が聞こえてくる。

「ティーナから離れろっ！」

幼なじみのアランだった。幼い頃から、アランもアメリアに世話になっている。今日の結婚式に、父が招待したのだろう。

そういえば、アランはグスタヴスのことを誤解したままだということを思い出す。

「アラン……私たちは……」

ティーナがふたりのことを説明しようとするが、グスタヴスはそれをとめる。

「お前は、舞踏会で私の酒におかしな薬を仕込んだガキだな」

「だったらなんだよ！　僕は昔から、ティーナを守ってきたんだぞ！」

アランは虚勢《きよせい》を張って言い返す。だが、その足が微《かす》かに震えているのが見て取れた。グスタヴスが恐ろしくて仕方がないのだろう。それでもティーナを守ろうとしているのだ。

グスタヴスは、アランに罰を与えるつもりなのだろうか。ティーナはハラハラとふたりを見守っていた。

――すると。

「お前のお陰《かげ》で、私はティーナという愛しい花嫁を無垢《むく》なままで手に入れることができた。感謝しよう。まるで白雪姫《しらゆきひめ》を守る小人だな。働き者で勇敢《ゆうかん》だ。……これからは、王子役の私が、永久《とわ》に彼女を守ろう。安心してお前は役を降りるといい」

グスタヴスはこの上なく人の悪い笑みを浮かべて、アランを見下ろしたのだった。

「……ふ、ふざけんなぁっ！」

激高《げっこう》するアランがグスタヴスに突っかかろうとしてくる。

ティーナは慌てて、グスタヴスを守るように手を広げた。

「やめてアランッ。……私……、グスタヴス様と結婚するの……。だから……心配しないで」

アランは驚愕《きょうがく》に目を見開くと、泣きそうに顔を歪《ゆが》めて走り去ってしまう。

「それで？　私はあと何人、あなたが心を弄《もてあそ》んだ男を相手にすればいいのでしょうか？　六人ぐらいですか？」

どうやらグスタヴスは先ほどの話にちなんで、白雪姫の小人の人数で喩《たと》えたらしい。

「私は誰も、弄んでなんていません……。グスタヴス様だけを愛し……んんっっ」

しかし、また続きを口に出せなくされてしまう。

「どうして……、言ってはいけないのですか……」

ティーナの気持ちは、グスタヴスにとって迷惑なのだろうか？

アイスグレーの瞳を潤ませて、じっと彼を見つめる。するとグスタヴスは深い溜息を吐いた。

「あなたに愛を語られたら、私の理性は利かなくなってしまう。……こんなところで、抱かれる覚悟があるなら、お好きなだけ言ってください。……さあ、どうぞ」

思いがけない返答に、ティーナは顔から火を噴《ふ》きそうなほど、真っ赤になってしまう。

「そ、そんな理由……なのですか……」

呆然《ぼうぜん》として尋ねる。悲しくて泣きそうだったのに、グスタヴスはティーナの想像を遙《はる》かに超えるほど、愛してくれていたらしい。

「他にどんな理由があるとでも……？　ああ。その顔は愛らしすぎる。やはり、ここで抱いてしまいましょうか……」

「だめです……っ。お姉様の結婚式は、二度とないのですから……」

外壁にティーナを押しつけ、淫《みだ》らな行為を始めようとするグスタヴスを、懸命に抑《おさ》える。

「あのふたりを離婚するように仕向ければ、二度目の結婚式も見られますよ。そうしましょう。だから、今は私と……」

こんな行為を続けるために、姉の結婚式当日に不吉なことを言わないで欲しかった。

「だめです……っ、本当にだめですっ。グスタヴス様、絶対にだめです！」

＊＊　＊＊　＊＊

グスタヴスをなんとか宥《なだ》めて、ティーナはジョシュア王子と姉のアメリアの結婚式に参列することができた。

厳粛《げんしゆく》な空気のなか、パイプオルガンの旋律が鳴り響《ひび》く。

純白の大聖堂の壁には、神や天使の描かれたステンドグラスがあり、そこから七色の光が射し込む。祭壇《さいだん》に立つ司祭のもとに、ジョシュアが姉を抱いて現れた。

本来なら新婦の父が、バージンロードをともに歩くはずなのに、どうやら一時も離れたくなかったらしい。純白のウェディング・ドレスに身を包むアメリアは、どんな女神の絵画や彫刻

より も清く美しく見えた。

「なんて綺麗なの……」

だが、その足下がふらついている気がする。

「……お姉様、どうかなさったのかしら……」

誓いの言葉を告げるときもなにか様子がおかしい気がしてならない。

不安げにその姿を見守っている間に、滞《とどこお》りなく式は終わった。

参列者たちは、大聖堂の外に出て行く。ティーナだけが、釈然《しゃくぜん》としないでいた。

「どうかしたのか」

「お姉様の様子がおかしかった気がして……」

ティーナが首を傾げていると、グスタヴスは大したことでもなさそうに呟く。

「ああ。あなたの姉上はジョシュアに泥酔《でいすい》させられていたようですね。きっと結婚の承諾《しょうだく》がもらえなかったので、酔わせて無理やり連れてきたのでしょう」

「ええ!?」

ティーナは目を瞠《みは》ったまま、呆然《ぼうぜん》としてしまう。

ジョシュアとアメリアは愛し合っていたはずだ。どうして、そんなことをする必要があるのだろうか。

「お茶会のときに、中庭であなたの姉上が取り込み中だと教えてあげたでしょう？　窓際で、強引に抱かれていたのが見えていました。五年もの間、虎視《こし》眈々《たんたん》と彼女を狙っていたようですし、あの陰湿な男なら、それぐらいは平気でするでしょう」

その話を聞いたティーナは真っ青になってしまう。『強引に』ということは、つまり合意ではないということだ。

自分はなにか誤解をしていたのだろうか。今すぐにでも姉を助けなければならない。

「そ、そんな……」

ティーナは慌てて踵《きびす》を返そうとする。だが、グスタヴスの腕に抱き込まれてしまう。これでは身動きがとれない。

「……どこに行かれるのですか」

「お姉様を助けないと」

半泣きで訴えるが、グスタヴスは手を放してくれなかった。

「必要ありませんよ。あれでも、お互いに愛し合っているのですから……。ただ、ジョシュアのやることが、無茶過ぎるだけです。ふたりの問題など放っておきなさい。それよりも……」

意味ありげな視線を向けられ、ティーナはギクリと身体を強張《こわば》らせた。

「私以外の男から贈られたドレスを、性懲《しょうこ》りもなく身に纏《まと》おうとした罪と、幼なじみとはいえ、目の前で他の男を気遣った罪を、ここで償《つぐな》いなさい」

「罪というのは……」

グスタヴスは、会衆席《かいしゅうせき》に座ると、ティーナを向かい合わせに自分の膝《ひざ》の上に跨《また》がらせた。

「ま、待って……、ください……。グスタヴス様……っ」

そして、淫らな口づけを与えてくる。淫らに蠢《うごめ》く熱い舌に口腔を擦りつけられ、ティーナは苦しげに喘《あえ》いだ。

「は……、んんぅ……」

ここは神聖なる大聖堂。こんなことをするべきではない。それが解っているのに、身体が打ち震えるような快感に煽《あお》られて抵抗できない。舌を絡ませ合うたびに、喉の奥から激しい欲求が迫り上がっていた。

グスタヴスが、欲しい。

もっと舌を絡めて欲しくて、劣情に息が乱れてしまう。

「愛していると言ってもいいですよ。むしろ言いなさい。……あなたには、残念な話ですが、理性が切れました。今、ここであなたを抱きます」

グスタヴスは、ジョシュアのことを強引過ぎだと呆れていた。だが、ティーナからすれば、グスタヴスも変わりがない気がする。これも彼らの血筋なのだろうか？

「さあ。もっと口づけましょうか。……あなたが誰のもので、どう振る舞うべきか、教えてさしあげますよ」

「こんなことを……してはいけない……場所です……」

ティーナはブルブルと頭を振って、彼をとめようとした。

——しかし。

「永遠に愛し合うことを誓うにふさわしい場所でしょう。私の花嫁となり、生涯添い遂《と》げると神に誓えばいい。愛し合うことは尊《とうと》ばれるべきだ」

「グスタヴス様っ」

恥ずかしさに頬を染めると、グスタヴスは唇を重ねてくる。

「愛していますよ。……私の愛しい花嫁」

甘い囁きに、ティーナは逆らえないまま、彼の身体にギュッとしがみついた。

永遠に愛していると、グスタヴスに全身で伝えるために——。

＊＊　＊＊　＊＊

グスタヴスはその後、ホテル暮らしをやめて、ティーナと住むための邸《やしき》を建てた。

だが、住む場所がどこであろうと、愛しい花嫁を溺愛《できあい》する彼の行為は一向《いっこう》に変わらない。

激しい情交を交わし、執拗《しつよう》に最奥《さいおう》で精を放ってくる。ティーナがぐったりとしていても、グスタヴスは行為をやめようとしない。

「あなたには、公爵《こうしゃく》家と伯爵《はくしゃく》家の跡継ぎを産んでいただかないと。ああ。娘もふたりぐらい

は最低でも欲しいですね」

　つまり最低でも四人子供を孕《はら》ませると言っているのだ。

「おかしく……なってしまいます……。いちどにしたら、私、……壊れてしまいます……」

　だがグスタヴスは、幼い妻の豊満な胸を淫らに揉みしだく手をとめない。

「……あ、あぁ……っ！」

　灼熱《しゃくねつ》の楔《くさび》を咥《くわ》え込ませ、縦横無尽《じゅうおうむじん》に腰を振りたくってくる。

　ジュチュヌチュと肉棒《にくぼう》が掻《か》き回されるたびに、白く泡立った蜜液《みつえき》が接合部分に溢れる。

「安心しなさい。あなたが淫らな欲を貪《むさぼ》る獣《けもの》となっても、私が腕のなかで、永遠に満たして差しあげますから……」

　信じられない慰《なぐさ》めに、ティーナは今日も翻弄《ほんろう》される羽目《はめ》になっていた。


　毒に倒れた白雪姫を、勇敢《ゆうかん》なる王子は口づけで目覚めさせた。そして、ずっと彼女を守っていた小人たちから強引に攫《さら》い、淫らな行為で愛を伝えている。

　王子の無限の愛を語るには、言葉では足りない。

　——すなわち愛の行為も、永遠に終わることはないのだ。

ミニ番外☆

ばめられ
スノーホワイト

ティーナは夫であるグスタヴスから顔を逸《そ》らし、逃げるようにテラスへと向かった。

心臓が壊れそうなほど高鳴っている。煌《きら》びやかな金の刺繍《ししゅう》を施された漆黒《しっこく》の盛服を身に纏《まと》うグスタヴスはこの舞踏会《ぶとうかい》に参加している誰よりも素敵だ。

あまり見つめていると、人目をはばからず抱き締めたい衝動《しょうどう》に駆られる。そして、自分だけの夫だと周りに宣言したくなってしまうのだ。

これでは、グスタヴスに迷惑をかけることになる。

だから、彼から離れてテラスに逃げ出したのだが、暗い庭側から、華《はな》やかな舞踏会《ぶとうかい》を眺《なが》めると、まるで別世界に迷い込んだような気分になった。

グスタヴスは、ジョシュアとともに、なにか難しい話をしている。ジョシュアの花嫁となった姉は、支度に手間取っているらしく、まだ大広間に姿を現していない。

あんなにもかっこいい男性が自分の夫だなんて、まだ夢をみているみたいだった。

「……グスタヴス様……」

惚《ほう》けたように彼を見つめていると、ふいに名前を呼ばれた。

「ティーナ」

振り返ると、そこには幼《おさな》なじみであるアランが立っていた。ここ数カ月の間にぐっと背が高くなって、精悍《せいかん》になっている気がする。

「どうかしたの？」

首を傾《かし》げると、アランはカツカツと革靴《かわぐつ》を鳴らして近づいてくる。

「あいつを避けてここにいるってことは、結婚は失敗だったって気づいたんだろ？　もうあんな男とは別れてしまえ」

ティーナは、グスタヴスが好きすぎて少し距離をとっただけだ。結婚が失敗だったなんて、かけらも考えたことはない。ブルブルと頭を振って否定するが、驚きのあまり声がでない。

「……またお前か……」

すると背後に人の気配がして地を這《は》うような恐ろしい声が耳に届く。グスタヴスだった。

ティーナは彼のもとに行こうとするが、アランに腕を掴《つか》まれてしまう。

「あ……」

「私の妻から手を放せ」

アランは負けじとグスタヴスに言い返す。

「ティーナはお前の近くにいたくないから、ここに逃げて来たんだ。お前なんかとは、すぐに離婚するんだからなっ」

身長も伸びて、少しは大人っぽくなったように見えたが、アランは以前とまったく変わっていない様子だ。

「ふん。……憐《あわ》れなガキだな」

グスタヴスはそう言って、ティーナに歩み寄る。そして、自分の腕のなかに引き寄せて、アランの手を振り払った。

「どうしてあなたはこんな人気《ひとけ》のない場所にいたんだ？　言ってみろ」

温《あたた》かい胸に包まれていると、緊張が解けて、今度は胸が鼓動《こどう》を速めてしまう。

「グスタヴス様が素敵すぎて、皆の前なのにどうしても、抱き締めたくなってしまって」

彼の胸に顔を埋めて、ティーナは惚《ほう》けたような表情で答える。

「聞こえたか？　私たちの間には、貴様の入り込む余地など永遠にない。今すぐ立ち去れ」

悔《くや》しげに唸《うな》るアランがかわいそうで、ティーナは申し訳ない気持ちで謝罪した。

「ごめんなさい。アラン。……私、……グスタヴス様が好きなの……。だから……」

もう心配しないで欲しいと言おうと続けようとした。だが、アランは悔しげな表情を浮かべて、走り去ってしまう。

「あ……」

ティーナは後ろを振り返って、じっとアランが消えて行くのを見つめていた。

すると、グスタヴスが苛立《いらだ》った様子で尋《たず》ねる。

「なぜあの男は呼び捨てで、夫である私はいつまでも『様』づけで呼ばれなくてはならないのですか」

ふたりきりになると、グスタヴスは途端に敬語で話してくる。初めは驚いていたが、今ではもうすっかり慣れてしまった。グスタヴスはいまだ他人を近づけようとはせず、ティーナ以外の前では尊大な喋《しゃべ》り方をしている。

「そ、それは……」

答えようとして、ティーナは口籠《ご》もってしまう。

アランは幼い頃から近所にいる男の子だが、グスタヴスは、尊敬する夫だからだ。しかし、たしかに夫婦でこの呼び方はおかしいのかもしれない。

「……あ。ごめんなさい。私、気がつかなくて……。今日からは、お名前を呼んでもいいですか？」

気恥ずかしさに頬《ほお》を染めながら、ティーナはグスタヴスに尋ねる。

「ええ。言ってください」

じっと濃い琥珀《こはく》色の瞳《ひとみ》が、ティーナを見つめていた。その艶《つや》めいた眼差《まなざ》しを前に、いっそう息が乱れてしまいそうになる。

「グスタヴス……。……愛しています」

そう言って、グスタヴスの肩口を引き寄せて、口づけをしようとしたとき。

いきなりティーナの身体《からだ》がお姫様抱きでかかえられてしまう。そのまま、グスタヴスは中庭を横切り、外へと向かっていく。

「……どうなさったのですか⁉」

舞踏会には訪れたばかりだ。まだ姉にも挨拶《あいさつ》できていないというのに。

「私を煽《あお》ったあなたが悪い。今すぐ邸《やしき》に戻って、あなたを抱きます」

「え？　ええ……!?」

グスタヴスはティーナとの結婚後、公爵《こうしやく》である父の領地に瀟洒《しようしや》な邸を建ててくれた。

ティーナが内装を任されたため、花とグリーンに満たされた愛らしい邸になっている。

ふたりきりになれるのは嬉《うれ》しいが、いったいどうしたのだろうか。

こうして、グスタヴスに抱えられて中庭を横切っていると、出会ったばかりの頃を思い出す。

「ティーナ。……私もあなたを愛しています」

不意打ちで告白され、ティーナは耳まで顔を赤らめてしまう。誰よりも素敵な夫に、ここまで愛されている自分は、なんて幸せものなのだろう。

そう思って、グスタヴスの胸に頭を預けると、彼は薄く笑っていった。

「……だから、邸まで堪《こら》えられずにあなたを馬車で抱いても、許しなさい」

「お、おろしてくださいっ」

ジタバタと藻掻《もが》こうとするが、グスタヴスの腕からは逃れられない。

――さらわれたスノーホワイトは、永遠に彼の腕のなかに閉じ込められたままだ。

あとがき

シフォン文庫様では二冊目の著書になります。仁賀奈《にがな》です。

初めまして。またはいつもありがとうございます。こんにちは！

今回の本は、『いいなりラプンツェル―プリンス・ロイヤル・ウェディング―』でアメリアの妹として出ていたティーナと、前回のヒーローの従兄《いとこ》であるグスタヴスのふたりを主人公として書かせていただきました。お話はまったく別のものになっていますが、時系列やキャラは一緒になっていますので未読の方は、ぜひ姉のアメリアたちのカップリングにも目を通していただけると嬉《うれ》しいです！

実は前回の執筆をする前から、姉妹両方の執筆を予定していたのですが、どちらを先に書くか本気で悩んでいました。そして、結果は姉のアメリアが先になったのです。今回の本文を読まれた方は、もう理由にお気づきかと思います。ティーナ、かわいい顔をして猪突猛進《ちょとつもうしん》。つまりちょっぴりお話がマニアック。やはり王道からいくべきと判断して、姉が先になりました（笑）。ティーナは、まるで子兎《こうさぎ》をゲットして『とったど～っ!!』と声高々に宣言するがごとく、グスタヴスを襲《おそ》って……（目逸《そ》らし）。稲を植えて実りまで待ち続ける農耕民族の日本人からすれば、驚くほどの狩猟民族。なんたる大陸気質！　食い物ならマンモスでも捕りに行くよ！　恋する乙女《おとめ》は強いんだよ！　逃げても隠れても無駄《むだ》なんだよ！　仁賀奈初の肉食女子です。でも清楚《せいそ》ロリ巨乳（意味が解りません）。細かいことは気にしちゃだめだ！　たまには変わったお話も、どーんと受けとめてください（無茶言うな）。

襲われてばかりもなんなので、グスタヴスにはちゃんと頑張《がんば》っていただきました。アレな体質なのに、グスタヴスは超頑張ってたよ！（慰《なぐさ》めになってない）そういえば、今回仁賀奈は初めて、執筆キャラに渾名《あだな》をつけました。その名もグ様（笑）。グスタヴスのことです。

執筆中は名前がややこしいので『グ』で変換するとグスタヴスと出るようにしていたのですが、担当様にメールをする際に、ネットを接続しているパソコンには、そんな設定をしておらず、自分で書いたキャラ名を間違えたら困るので、グ様になりました（最低だよ）。みんな、グ様をよろしくね！　担当様にも池上《いけがみ》先生にも呼んでもらえて嬉しかったです！　ひゃっほう！

そんな『さらわれスノーホワイト―ノーブル・ロイヤル・ウェディング―』ですが、またも担当様やイラストレーター様や印刷所様やその他、大勢の方にご迷惑をおかけしてしまいました。本当にすみません！　すみません！　生きていて申し訳ございません！

　もう賢明《けんめい》な読者様は、仁賀奈がなにをしたか解っているかと思います。原稿が届かないとか原稿が届かないとか、原稿が届かないとか！（またかよ）深夜の三時過ぎまで（四時かも）会社に残っていた担当様が翌朝九時半頃には出社されているのを見た瞬間、さすがに東京まで土下座しに行きたくなりました。しかも修正案を休みの日までやってくださっている！　集英社編集の鑑《かがみ》だよ！　ちなみに仁賀奈は絵に描いたようなロクデナシ作家ですが！　こんな風《ふう》に、担当様の苦労の上にでっぷりと胡座《あぐら》をかいて出来上がった、さらわれスノーホワイトですが、前回同様、池上紗京《さきょう》先生に素敵なイラストを描いていただきました！　ラプンツェルと同じように、こちらも先に池上先生にイメージを描いていただいたものを見ながら、楽しく執筆させていただきました。ビジュアルは格好《かっこう》いいのに、設定は結構へたれてもいるグ様を、滅茶苦茶《めちゃくちゃ》格好良く描いていただき、仁賀奈はもう萌《も》え転がる勢いで、テンション高く原稿を書かせていただきました。ティーナも愛らしくもいけない妄想《もうそう》に駆られる萌え仕上がりにしていただき、大興奮だった次第。出来上がり経過を順次担当様が転送してくださっていたのですが、ぼんやりとしていたイメージが次第に形作られていく様子は、まるで大輪の花の蕾《つぼみ》から開花までを見守るような感動がありました！　眩《まぶ》しすぎて正視できない!!　池上紗京先生。本当にキラキラとした美しい世界で描いていただいてありがとうございました！　家宝にする勢いですよ。

　そして、ここまで読んでくださった皆様、本当にありがとうございました！

ご感想、ご希望、リクエストなどございましたら、編集部まで送ってやっていただけるとうれしいです。年に一度ぐらいのゆったりペースではありますが、お返事もしていたりします。（最近は、ちょっとしたペーパーに少しお返事を書いているだけのものですが）なかなか時間が取れなくなっているのですが、お返事は気長に待っていただけると嬉しいです。

それでは、最後になりましたが、恒例のアレを言ってみたいと思います！　腹黒万歳《はらぐろばんざい》！　腹黒万歳！　ああ、これを言わないと最近調子が出ないのですが（あとがきで調子あげてどうするという突っ込みはしちゃやだめだ）ついにカバー裏コメントにまで、腹黒万歳コールが進出したのですよ！　こうして虎視眈々《こしたんたん》と、世界に腹黒が広がっていくのですよ！

カバー裏コメントって、お前の著書の範囲内だけじゃないかとか、突っ込んじゃだめだ！

こういうのは、勢いが大事なんだ。今回のヒーローまったく腹が黒くないじゃないかとか、さらに突っ込んじゃだめだ（笑）。次こそは、大好きな腹黒がいっぱい書けますようにと、乙女チックに空に祈りを捧げておきますよ！（呪《のろ》いじゃないよ、祈りだよ）

それでは読んでくださった皆様。本当にありがとうございました。また機会がございましたら、お目にかかれると嬉しいです。

仁賀奈

おまけページ

153ページのイラストラフ

おまけページ

219ページのイラストの別案

シフォン文庫をお買い上げいただき、ありがとうございます。
ご意見・ご感想をお待ちしております。

◆──あて先──◆
〒101-8050　東京都千代田区一ツ橋2-5-10
集英社 シフォン文庫編集部 気付
仁賀奈先生／池上紗京先生

さらわれスノーホワイト
—ノーブル・ロイヤル・ウェディング—

2012年11月7日　第１刷発行　シフォン文庫

著　者　仁賀奈
発行者　鈴木晴彦
発行所　株式会社集英社
〒101-8050東京都千代田区一ツ橋2-5-10
電話 03-3230-6355（編集部）
03-3230-6393（販売部）
03-3230-6080（読者係）
印刷所　株式会社美松堂／中央精版印刷株式会社

※定価はカバーに表示してあります

ISBN 978-4-08-670012-2 C0193

「判っていますよ……。こうしてほしいんでしょう?」

水島 忍
イラスト／北沢きょう
シフォン文庫

没落しそうな家を立て直すため、今回の社交シーズンに並々ならぬ期待をかける伯爵令嬢のイザベル。そんな折、大富豪となった幼なじみのクレイヴに再会するが、強引に純潔を奪われて…⁉